光荣与梦想——"大语文"系列丛书总序

穿过一丛金色的墨西哥橘,六岁的小红豆头戴粉盔,骑着一辆有辅助轮的浅粉色自行车前行。在她身后跟着三岁的小青豆,蓝色背心、蓝色头盔,滑动着一辆海军蓝滑板车。

在温哥华的这个浅蓝清晨,我望着女儿红豆和儿子青豆的背影,绷紧了久违的轻快心情。此刻我的另一个儿子在太平洋彼岸舒展着拳脚,已经名扬神州、纵横四海,他就是十二岁的大语文。

那一年际遇喜人,没落的大宋皇裔赵伯奇当时正是北大游泳队队长,俊美倜傥的郭华粹正要从不列颠返回国内,出身文坛世家的陈思正将从哈佛启程,卸任了校学生会主席的朱雅特正要入住北大教育系设在万柳的高级学生公寓,而这套书的主要执笔人——我的表弟张国庆,也正在收拾行囊欲来北京助我成就大事……那一年的我们,大多毕业于北大、北师大的中文系,本有着大不相同的人生规划,却因为我许下了五个耀眼的愿望,如埋下一粒豆子作为种子,而相聚在一起,簇拥着走出了同一条人生轨迹。

那一年，种瓜得瓜，种豆得"神"。神奇的大语文诞生。

五个愿望：一愿我们投身于校外教育，把语文课变得有意思；二愿将大语文课程商业化，以丰厚的回报让大语文家庭过上富足而体面的生活，同时也让更多卓越人才敢于加入大语文战队；三愿大语文课程走向全国，使更多孩子受益；四愿大语文课程进入学校，深度补充和影响校内语文教育；五愿大语文走向世界，吸引更多华裔或其他学习者，使其对中国文学文化乃至世界文学文化产生较浓兴趣。

这是多么光荣的梦想。被商业繁荣笼罩着的华彩世界里，我们愿意燃烧年轻的生命，去照亮大语文，或是做烛去点亮大语文。

十二年后，我们作为一家颇具潜力的上市公司被广泛关注，原打算用一生去交换的五个愿望也开始一一实现。欢喜之余，我也冷静了下来。我对队伍说，我开始不甘心只为一时而绽放，我想留下些许我们的代表作，让这些被汗水泪水浸泡着的奋斗所产生的价值能够长久留存。

那么，什么才能做到长久留存？战国时期最伟大的弩机大师也随弩的入土而不闻于世，而孟子的浩然之气、庄子的逍遥自由却总让千年后的人们神往。历代精美的琉璃制品、珍珠黄金、武器枪械、米铺碾坊，都随大江

主编◎窦昕

一套写给中小学生的文学史

乐死人的文学史

清代篇

石油工业出版社

《乐死人的文学史》编委会

主　　编　窦　昕

执行主编　赵伯奇　　　张国庆

豆神编审委员会

　　　　　窦　昕　　赵伯奇　　张国庆
　　　　　朱雅特　　魏梦琦　　殷程其

编　　者　胡　迪　　刘　莹　　罗瑞辰
　　　　　罗骏媛　　尚　梅　　周春亮
　　　　　宋蔚奇　　李思睿　　边筱晶
　　　　　付　强　　赵思蔚　　陈吉赫
　　　　　李　笑　　刘　飞　　孙　丽
　　　　　房玥彤　　梁　燕　　隋　妍
　　　　　王　琪　　董　颐　　李雪飞

东去；罗摩与神猴、罗密欧与朱丽叶、《西游记》与《水浒传》、雨果与歌德、马克·吐温与杰克·伦敦才会百年千年流传。

锐意进取、诚信无欺，精良的产品确可以建立百年老店。

回归率真、淡泊功利，生动的文化才能够成就千载流传。

放下商业思维，忘记市场需求、获客成本等并无长久意义的盘算，回到我们出发时的初衷：我们为何而来，我们欲往何处？我们只想做能够千载流传的好东西。

于是在大语文这个儿子步入青春期之时，我们有了新的憧憬，可以命名为"新五大梦想"。第一，完成整套"大语文"系列丛书的出版，囊括校内学习、文学文化、写作技巧、课外阅读、非母语者的汉语学习等诸多内容，为语文教育和中国文学文化推广普及做出些微贡献。第二，以教育的视角，制作一部部精良的动漫剧集或真人影视剧，使千年来文学文化史上的关键信息和核心内容得以如"大河小说"一般地记录。第三，以教育的视角，建立一个个还原各朝代各国家的互动式文化体验馆，以浸入式话剧及其他高科技交互方式，使孩子们能够生动浸入、体验到大语文课本中讲述的各个时空场景。第四，研发一系列语文学科的人工智能学习工具，使学生在学语文时遇到的绝大多数问题能够得以低成本、高精度解决。第五，牵头制定一项标准，该项标准能将所有汉语使用者（包括母语学习者、华裔非母语学习者、其他族裔非母语学习者、使用汉语的计算机软件）的汉语水平（尤其是对汉语背后的文化认知水平）在同一体系内进行评价。

又是一粒愿望的豆子种下去，遥望，又是数十年。不知几个十二年之后，我们这个队伍可将"新五大梦想"一一实现。有了"回归率真、淡泊功利，生动的文化才能够成就千载流传"这样的"大语文精神"，我也衷心希望大语文团队能够永秉对语文教育的赤诚之心，将这星星之火种永传下去，不论熊熊烈焰或微弱火苗，皆然。

所幸，多年前我的几位学生，也已陆续加入了大语文战队，看来当年埋在他们少年时代的梦想种子已经发芽。种瓜得瓜，种豆得"神"。

小红豆喜欢绘画，她说她要和我合作画一本绘本。"会赚很多钱，然后送给你。"她说。我问："爸爸平时也不花钱，要那么多钱做什么呢？"小红豆一笑嫣然，说："你可以用来制作更多的书啊！"

这真是种豆得"神"了。

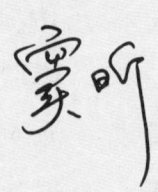

阅读说明

- **TA这一辈子** 再现作家的漫漫人生路,从大文豪的出身家世讲到临终之际。你想知道的名人趣事和八卦,这里应有尽有。

- **人物风云榜** 展示作品中主要人物的身份资料,看故事之前先记住人物的关键信息。

- **剧透先锋** 原文太长读不完?没关系,我们告诉你这些经典作品"就是这么回事儿"!

- **超级访谈** 与重量级作家面对面交流,让名家亲自讲述动人的故事。我们耳熟能详的诗篇背后,是一把辛酸泪还是没心没肺的大笑?答案就在《超级访谈》!

- **特别推荐** 《超级访谈》还没看过瘾?《特别推荐》继续由名人为你讲解他的得意之作或者其他大家的千古名篇,揭秘创作背景,透析作品灵魂!

文苑杂谈 深挖作者、作品之外的文学知识。古人怎么取名和字？诗词中曝光率最高的楼阁有哪些？读完《文苑杂谈》，你就是文学常识小百科。

欢 乐 谷 轻松一刻，用搞笑的四格漫画调侃作家或作品。嘘！千万别笑太大声，不然旁边的人还以为你读书读傻了呢！

七嘴八舌 作家的好朋友是怎么评价他的？作品中提到的人也有话要说？听大家七嘴八舌聊一聊，从不同的角度了解作家和作品。

目 录

清代文坛 …………………………………… 1

《长生殿》 仙女帮我们团圆 ………………… 7

《聊斋志异》 好"鬼"留下,坏"人"走开 … 23

《儒林外史》 科举害了一拨人 ……………… 41

《红楼梦》 土豪家的故事 …………………… 65

《三侠五义》 老鼠和猫的故事 …………… 87

纳兰性德 写词小能手 …………………… 103

郑　燮 爱画竹子的怪人 ………………… 117

沈　复 史上有名的痴情人 ……………… 131

龚自珍 当官太憋屈了 …………………… 145

清代文坛

清代概况

1616年，正处明朝末年，国内发生了严重的饥荒，各地出现了不少起义军，让当时的皇帝明神宗和大臣们焦头烂额。而与此同时，东北松花江一带，一个名叫女真的少数民族基本完成了统一，他们的首领努尔哈赤建立了一个新的政权，名叫后金。

女真族是个非常剽悍的民族，当时有这么一句话："女真不满万，满万不可制。"意思就是女真人只要够一万人，就没有人能限制他们，可见女真族的战斗力有多强。

努尔哈赤建立后金后，一直对明朝虎视眈眈。1618年，努尔哈赤宣布攻打明朝。当时的明朝腐朽衰败，根本就打不过，后金很快占领了东北地区。后来，努尔哈赤去世，他的第八个儿子皇太极于1636年称帝，把国号从"后金"改成了"大清"。皇太极去世后，他的儿子福临继位，也就是顺治皇帝。

与此同时，明朝国内也不太平，到处都在起义。其中有一支起义军实力很强，首领叫李自成，他带领军队攻破了北京城，当时的崇祯皇帝眼看没办法了，只好在煤山的一棵歪脖子树上上吊自杀了。

外有女真族，内有起义军，连皇帝都没了，这可怎么办呢？无奈之下，当时兵力最强的驻守在山海关的大将吴三桂就投降了清朝，打开山海关，让清朝军队进入了中原。后来，清朝派兵打败了李自成，定都北京。在经历几次战争后，清朝彻底统一了全国。

1661年，顺治皇帝去世，他的儿子玄烨继承了皇位，成了康熙皇帝，康熙励精图治，使清朝逐渐繁荣强盛起来。此后，雍正皇帝、乾隆皇帝相继登基，政治清明，国力强盛，这段时期被称为"康乾盛世"，持续了一百多年。

乾隆皇帝晚年逐渐变得昏庸无度，穷奢极侈，百姓们过得很不好，出现了许多农民起义。此后的嘉庆皇帝和道光皇帝，虽然想通过改革振兴清朝，但并没有成功。

随着清朝的衰败，许多西方国家打起了中国这块"宝地"的主意。1840年，英国向中国输送鸦片以扭转贸易逆差的企图落空，发动了鸦片战争；1860年，英法联军侵略中国，四处劫掠，烧毁了圆明园；1894年，日本侵略中国，发动了甲午中日战争；1900年，英、美、法、德、俄、日、奥、意八国联军入侵中国。

在此期间，为了自救，清朝的文人志士虽然发起了许多改革运动，但还是没能挽救局势。1912年，宣统皇帝溥仪颁布了退位诏书，标志着清朝彻底灭亡。

清代前期文学

清朝的统治者是少数民族女真族，他们怕汉族的文人和老百姓们不服他们，为了防止反抗，就很重视控制人们的思想，为此实行了严苛的文字狱，甚至可以称得上是中国历史上最恐怖、最血腥的文字狱。但凡人们有一句话说得不对，就会引来杀身之祸。

据说，当时有一位名叫徐骏的文人偶然写了一句诗"清风不识字，何故乱翻书"，就是一阵清风从窗中吹进来，吹动了书页的场景。结果清朝的统治者认为"清风"是指大清，"清风不识字"就是嘲讽他们不懂汉文化，二话不说就把徐骏给杀了。

在这么恐怖的环境下，当时的文人们都被吓得不敢说话，生怕哪句话说得不对就被杀了。没办法，文人们只好埋头研究以前的文学，根本不敢关注社会现实，写出来的东西自然也没什么现实意义，文学慢慢地跌入了低谷。

但与此同时，还有一批文人却正好相反。在经历了明朝灭亡清朝建立的大动荡之后，顾炎武、王夫之、黄宗羲等一大批文人开始对历史进行反思，意识到要关注现实，要从历史的变迁中得到经验和教训。他们提出了很多有启蒙意义的新思想，比如顾炎武就说过"保天下者，匹夫之贱，与有责焉耳矣"，后来就演变成现在常说的那句"天下兴亡，匹夫有责"。

在这些人的倡导下，当时也有不少文人会关注社会现实，强调写诗写文章要为了具体的事情、时势去写，而不要泛泛而谈，说一些空话。

清代中后期文学

等到清代中期，顾炎武等人的启蒙思想虽然慢慢地消沉下去，但还是对文学作品产生了潜移默化的影响。文人们写诗写文章不再是为了娱乐，而开始反映社会现实，创作出了许多杰出的文学作品。

在戏曲方面，出现了两部杰出的传奇作品——《长生殿》和《桃花扇》，它们虽然都在讲爱情故事，但却不像以前的作品一样只会说些风花雪月、卿卿我我的话，而是把个人的爱情放在国家兴亡的大背景下，倡导要以国家兴亡为先，不能沉溺于爱情。

在诗词方面，也出现了许多流派，大诗人袁枚提出了"性灵说"，要求诗歌要表现人的真性情，追求个性解放；大词人纳兰性德才华横溢，被称为"满清第一词人"……

在小说方面，蒲松龄的《聊斋志异》，把中国古代文言短篇小说发展到了一个新高度；吴敬梓的《儒林外史》，代表着中国古代讽刺小说的高峰；曹雪芹的《红楼梦》，使学术界产生了一种专门研究它的学问——红学。

除此之外，清朝的骈文、杂剧、古文都得到了长足的发展，可以说，清朝的文学是以往各种文体的总汇，称得上是集大成。著名的大文学家郭绍虞就评价说："……没有一种比较特殊的足以称为清代的文学，却也没有一种不成为清代的文学。盖由清代文学而言，也是包罗万象兼有以前各代的特点的。"

到了清朝末年，由于西方国家入侵、清朝自救运动等种种社会动荡，此时的文学就不可避免地慢慢衰落下去了。

总之，清朝文学，尤其是清朝中期文学，各种文体都再度辉煌，集中国古代文学之大成，取得了不容忽视的成就。

《长生殿》
仙女帮我们团圆

体　　裁：清传奇
作　　者：洪昇
篇　　幅：五十出
地　　位：中国四大古典戏剧①之一

---

① 中国四大古典戏剧是《牡丹亭》《西厢记》《窦娥冤》《长生殿》。一说是《牡丹亭》《西厢记》《桃花扇》《长生殿》。

人物风云榜

唐明皇

性格特点：痴情、昏庸怠政

　　唐明皇是《长生殿》的男主人公，在爱情上，他极为痴情，但在国家大事上，却有点儿昏庸无能。

　　唐明皇十分宠爱杨贵妃，为了给杨贵妃庆贺生日，他早早就派人到了岭南，专门去取杨贵妃最爱吃的荔枝。要知道，荔枝生长在现在的广东福建一带，特别娇嫩，很容易坏，要在很短的时间内从南方运到长安，可不是件容易事儿。那怎么办呢？唐明皇可是皇帝，为了保证杨贵妃能吃到新鲜的荔枝，他不惜让人用驿站的快马运送荔枝。在古代，驿站快马传送的情报都是非常重要的，唐明皇能用驿站快马送荔枝，可见他对杨贵妃的宠爱。在杨贵妃去世后，唐明皇也十分心痛，一直思念着她，还派人去找杨贵妃，找了许久，最终在月宫里和杨贵妃团圆。

　　可在国家大事方面，唐明皇着实有点儿不靠谱。为了给杨贵妃取荔枝，他派出的人一路上毁坏了不少百姓的田地，甚至还踩死了许多人，累死了沿途驿站里的许多好马，唐明皇竟然都不当回事儿，理都不理。唐明皇还很宠信安禄山，安禄山打了败仗，他却轻而易举就原谅了安禄山，不但没有追究他的过失，还派他去当权力极大的节度使。后来，有人向唐明皇告发安禄山，说他要造反，唐明皇派使者去调查。但使者被安禄山收买了，回来告诉唐明皇说安禄山非常老实，唐明皇竟然就相信了。安史之乱爆发后，唐明皇作为皇帝，不想着怎么抵抗，反而匆匆忙忙带着人跑了，一路跑到了四川才停下来，真是个胆小鬼。

杨贵妃

性格特点：忠于爱情、知错能改

杨贵妃是《长生殿》的女主人公，是一个忠于爱情的痴情女子。在真实的历史上，杨贵妃本名叫杨玉环，号太真，是唐明皇的妃子，也是中国古代四大美女之一。

在戏曲《长生殿》中,杨贵妃本是天上的蓬莱玉妃,擅长音乐和舞蹈,连月亮中的嫦娥都会在梦里召她到天上去演奏乐曲。杨贵妃十分受宠,也对唐明皇很痴情。在马嵬坡自杀后,杨贵妃的神魂依存在当地的寺庙里,她意识到了自己的错误,知道自己"罪恶滔天",就马上改正,还对着月亮忏悔说不应该让自己的兄弟姐妹倚仗着权势作威作福。后来,杨贵妃对唐明皇念念不忘,在见到织女后,她也不断地请求织女帮助她和唐明皇重新团圆,最终打动了织女。

杨贵妃终归只是一个封建帝王的嫔妃而已,受宠的同时也受了许多委屈。唐明皇毕竟是皇帝,有许多妃子。有一次,唐明皇宠爱杨贵妃的姐姐虢国夫人,杨贵妃有点儿嫉妒,脸色不太好,就惹怒了唐明皇,被他给送出宫了。无可奈何之下,杨贵妃只好自己剪下头发送给唐明皇求情,最后才被接了回去。后来,梅妃受宠,杨贵妃也在心里暗暗地想:"不是我容不得你,只怕我容了你,你就容不得我。"真实地表现出了一个皇帝宠妃的心理活动。

安禄山

性格特点：贪婪无度、野心勃勃

安禄山可以算得上是《长生殿》中一个大反派了，他贪婪无度，奸诈狡猾，又野心勃勃，加上手握重兵，最终发动了安史之乱。

安禄山本来只是军队中的一个小头目，因为轻敌打了败仗。本来是应该受罚的，但他想了个办法，给当时的宰相、杨贵妃的哥哥杨国忠送了重礼，唐明皇就没有追究他的过错，后来还封他当了东平王。

没过多久，安禄山和杨国忠闹了矛盾，俩人吵了起来。唐明皇为了安抚他们，命令安禄山当了范阳节度使。在唐朝，节度使是一个权力很大的官儿，安禄山一听自己能当这个官儿，高兴坏了，打算着"去开幕府，自逍遥"。

到了范阳后，安禄山并不满足这样的逍遥生活，也不只想当个东平王，反而想推翻唐明皇，"暗图大事"，

自己来当皇帝。于是,他召集了许多人马,一起去打猎,鼓动着这些人跟他一起造反。

安史之乱爆发后,安禄山带着人马很快就攻破了长安城。但在攻破城池后,他不仅不想着安抚百姓、巩固防卫,反而马上就贪图享受起来了,专门带着人去了华清池,和手下的大将们一起饮宴,喝得大醉,着实是个贪婪的野心家。

《长生殿》就是这么回事儿

唐明皇和杨贵妃的爱情故事那可是无人不知无人不晓，自古以来，有很多文人根据他们的故事写过各种诗文，《长生殿》就是其中最杰出的一部戏曲。

开端

唐明皇在宫中闲坐，觉得自己已经把国家治理得非常清明了，大臣贤能，百姓安居乐业，现在空闲下来，唐明皇就想起了自己十分宠爱的杨贵妃，派人把她带了过来，还给她送了一副金钗、一个钿盒。

但没过多久，皇帝就又喜欢上了杨贵妃的姐姐虢国夫人，杨贵妃心生嫉妒，竟然跟唐明皇闹起别扭来。唐明皇一气之下，派人把杨贵妃送回了家。杨贵妃在家里哭哭啼啼，在唐明皇的侍从高力士前来传旨时，把自己的一缕头发剪下来，让高力士送给唐明皇。唐明皇一见头发，就心软了，又想起杨贵妃的好，把她重新接回了宫里。

因为宠爱杨贵妃，唐明皇也连带着十分信任杨贵妃

剧透先锋

的哥哥杨国忠，还让杨国忠当了宰相。可杨国忠并不是什么忠臣，相反的，他是一个贪婪奸诈的小人。安禄山打了败仗，本来要受罚，但他找机会给杨国忠送了大礼，杨国忠就在唐明皇面前说安禄山的好话，不仅免除了安禄山的罪过，还给安禄山谋了个好差使。

承接

  杨贵妃十分受宠。她本来是天上的蓬莱玉妃下凡，因为很擅长音乐，月宫中的嫦娥仙子都听说了她的大名，便将杨贵妃的神魂召到了天上，让她演奏霓裳羽衣曲。杨贵妃爱吃荔枝，唐明皇就专门派人去南方买荔枝，为了保证荔枝的新鲜，差役们都是骑着快马来回飞奔，一路上毁坏了许多田地，还踩死了很多人。百姓们都很生气，却敢怒不敢言。

  后来，唐明皇又开始宠爱梅妃，杨贵妃落寞不已，想把唐玄宗赐给她的金钗和钿盒还回去，唐玄宗不同意，俩人重归于好。在七夕节那天，杨贵妃和唐明皇在长生殿里相会，俩人对着月亮许愿，希望能长长久久在一起，在天愿作比翼鸟，在地愿为连理枝。正好此时天上的牛郎织女也在相会，织女听到了杨贵妃和唐明皇的誓言，非常感动。

而与此同时，安禄山越发受宠，被封了东平王，势力很大。他和杨国忠起了冲突，为了调和矛盾，唐明皇便派安禄山当了范阳节度使。此时，还有一位大将军，名叫郭子仪，他对唐明皇非常忠心，看到安禄山这样子，觉得他迟早要造反，便一直关注着他。后来，郭子仪当了灵武这个地方的太守，再派人去打听安禄山的消息时，发现安禄山已经做好了造反的准备，而此时唐明皇却还很信任安禄山，根本不听别人的劝谏。没办法，郭子仪只好自己准备镇压安禄山。

转折

安禄山果然造反了，一路上势如破竹，打下了许多城池，马上就要打到长安城了。唐明皇听说了这个消息，吓得要死，连夜带着杨贵妃跑出了宫，打算一路跑到蜀地去。

走到半路上一个叫马嵬坡的地方时，士兵们心里非常不满，停下来不走了，要求唐明皇杀了杨国忠和杨贵妃，他们才愿意继续护送唐明皇去蜀地。唐明皇没办法，只好妥协，让杨贵妃吊死在了一棵梨树上。临死前，杨贵妃要求把唐明皇送给她的金钗钿盒和她的尸体一起放在棺材里。杨贵妃去世后，她的神魂并没有消散，因为

剧透先锋

她是天上的仙子，马嵬坡的土地神前来保全她，让她的神魂暂且在马嵬坡的佛堂里住了下来。

而此时的唐明皇正在逃难的路上，非常艰辛，吃都吃不饱。有一天，一位百姓听说唐明皇没饭吃，便给他送来了一碗糙米饭，唐明皇十分感动，便召见了他。这位农民向唐明皇讲了自己的生活之苦，又说了朝中杨国忠做过的种种坏事。唐明皇这才意识到了自己的错误，羞愧不已，向着士兵们忏悔自己的过错，并解散了军队，让士兵们回到自己的家乡去，不要再打仗了。士兵们见唐明皇是真心忏悔，反而留了下来，将唐明皇护送到了蜀地。

结局

安禄山的实力很强，整个朝廷中居然找不出人来"治服"他，最终，还是郭子仪带兵打败了安禄山，平定了叛乱，又派人来请唐明皇回到长安。

在回长安的路上，经过马嵬坡时，唐明皇十分痛心，派人将杨贵妃的尸体重新安葬，但没想到，挖开坟墓后，居然没有看到杨贵妃的尸体，只看到了一个香囊。原来，天上的织女知道了杨贵妃的事情，为她感到可惜，便让她复活，回到了天上。杨贵妃拿走了陪葬的金钗和钿盒，又怕唐明皇思念自己，便在棺材里留下了一个香囊。

回到宫里后，唐明皇十分思念杨贵妃，便派一个名叫杨通幽的道士去找杨贵妃的神魂。杨通幽上天入地，都没找到杨贵妃，在半路上遇到了织女。织女得知是唐明皇在找杨贵妃，知道杨贵妃也在思念唐明皇，就想成全他们，便指点杨通幽找到了杨贵妃，又亲自去求玉帝，请求玉帝同意唐明皇和杨贵妃在天上团聚。

杨贵妃让杨通幽给唐明皇传话，约定八月十五在月宫里相会。唐明皇得知后，果然在八月十五那天跟着杨通幽到了月宫，见到了杨贵妃。从此，唐明皇和杨贵妃便幸福地生活在了月宫里。

扫二维码，听精彩讲解

特别推荐

杨贵妃爱吃荔枝,可荔枝生长在南方,离长安很远,又很娇嫩,很容易坏。为了让杨贵妃吃到新鲜的荔枝,唐明皇就派人骑着快马一路飞奔,用最短的时间把荔枝送到长安。

《长生殿》第十五出《进果》(节选)

【十棒鼓】[外①扮老田夫上②]老汉是金城县东乡一个庄家。一家八口,单靠着这几亩薄田过活。早间听说进鲜荔枝的使臣,一路上挏着径道行走,不知踏坏了人家多少禾苗!因此,老汉特到田中看守。[望介③]那边两个算命的来了。

【蛾郎儿】[小生④扮算命瞎子手持竹板,净⑤扮女瞎子弹弦子,同行上]住褒城,走咸京,细看流年与五星。生和死,断分明,一张铁口尽闻名。瞎先生,真灵圣,叫一声赛神仙,来算命。

[内铃响,外望介]呀!一队骑马的来了。[叫介]

---

① 戏曲中的角色,指饱经风霜的年老稳重者。
② "上"指上台。
③ "介"意为做动作,"望介"意为做出张望这个动作。下文中的"叫介"就是做出叫喊这个动作,"跌脚哭介"就是做出跺着脚哭泣的动作。
④ 戏曲中的角色,指青少年男子。
⑤ 戏曲中的角色,指性格、品质或相貌上有些特异的人物。

马上长官,往大路上走,不要踏了田苗!

〔末①鞭马急上,冲倒小生、净下②〕〔副净③鞭马急上,踏死小生下〕

〔外跌脚向鬼门哭介〕天啊,你看一片田禾,都被那厮踏烂,眼见的没用了。休说一家性命难存,现今官粮紧急,将何办纳!好苦也!

〔外转身作看介〕原来一个算命先生,踏死在此。

送荔枝的差役为了尽快把荔枝送到长安,一路快马飞驰,为了走近道,不知道踩坏了多少人家的田地,又踩死了多少人。百姓们有冤无处申,有苦无处诉,真是可怜。

---

① 戏曲中的角色,指中老年男性。
② "下"指下台。
③ 戏曲中的角色,多表现性情豪放者或佞幸者。

超级访谈

《长恨歌》VS《长生殿》

白居易： 小洪？小洪在吗？

洪昇： 白居易？白老先生，您怎么来啦？您是我的偶像啊！我太激动了！

白居易： 嘿嘿，别激动。我听说你也在写唐玄宗和杨贵妃的故事，就来看看。

洪昇： 惭愧惭愧！我的确是在写《长生殿》，不过和您的《长恨歌》没法比啊。

白居易： 别太谦虚嘛，我听说你写得很不错，而且还有很多创新的地方。你给我讲讲，你都在哪些地方创新了？

洪昇： 在您的《长恨歌》里，唐玄宗和已经死去的杨贵妃在天上见了一面之后就分开了，只能来世再在一起。但是我觉得他俩太可怜了，所以我就把结局改了一下，让他俩一起幸福地生活在了月宫里。

白居易：你这是个大团圆结局啊。老百姓都喜欢看大团圆。还有什么创新点？

洪昇：《长生殿》的另一个特点是两条线索一同发展，以唐明皇和杨贵妃的爱情故事为主线，以当时的朝政事件为副线，两条线交叉发展，彼此关联，在表达对唐明皇和杨贵妃的同情惋惜的同时，也写出了唐明皇怠惰朝政给百姓们带来的深重苦难。

白居易：有创意！作品的格局一下就打开了！

洪昇：这样的写法，其实是受到了清朝初年社会思潮的影响。清朝初年的文人们崇尚"至真之情"，就是文学作品中要表达真情实感，歌颂美好的情感。同时，在经历了明朝灭亡的大动荡之后，一些文人也开始关注社会现实，倡导以国家兴亡为先，以个人情爱为后。在这样的思潮影响下，我就有了这样的想法。

白居易：文学作品往往会受到社会思潮的影响，这样的作品也才更具有时代性嘛！

欢乐谷

《聊斋志异》

好"鬼"留下,坏"人"走开

别　　名:《鬼狐传》
作　　者:蒲松龄
文　　体:文言短篇小说
篇　　幅:四百九十一篇①
字　　数:约七十万字
地　　位:文言短篇小说的巅峰之作

---

① 朱其铠的《全本新注聊斋志异》为四百九十四篇。

人物风云榜

叶生

人物类型：科举失意的书生
人物宣言：科举无止境，死了也要考

在古代，许多读书人都将考科举、当官作为一生奋斗的目标，《聊斋志异》①中的叶生算得上是一位代表人物。这位读书人很有才华，无奈一直没有考中举人。后来，叶生病死，他的灵魂居然跑到京城求学，还考中了举人。回到家中，叶生的妻子被吓得半死，不知面前的丈夫是人是鬼。别人考试是拼命，叶生考试是拼魂啊！

---

①《聊斋志异》是一部文言短篇小说集，其中每个故事都有自己的主人公，故不存在贯穿全书的主人公。此处介绍的"叶生""娇娜""王七"都是《聊斋志异》中不同故事的主人公。

娇娜

人物类型：赤诚纯洁的女妖
人物宣言：突破封建束缚，男女也能成挚友

娇娜是一只狐狸精，她美艳聪慧，窈窕多姿，连身患重病、疼得直叫的书生孔雪笠，在第一次见到她时都忘记了病痛，好像病也好了一大半。

古代封建观念要求女性必须端庄典雅、矜持有度，因此当娇娜第一次见到孔雪笠时也很害羞。然而当她开始给孔雪笠治病的时候，就没有了羞容。面对一个上身袒露的异性，她十分专注，手法娴熟，很快就为孔雪笠治好了病。当孔雪笠为了救自己而被雷电击晕时，娇娜不顾所谓"男女授受不亲"的约束，口对口地将药丸送到孔雪笠嘴中。在礼教森严的清代，娇娜能做出这样的动作，实在是突破了大家的想象。

人物风云榜

王七

人物类型：心术不正的可笑之人
人物宣言：心术不正最可怕，报应迟早来找你

　　王七是个富家子弟，不愁吃、不愁喝，就想着学仙术。学仙术倒也不是不行，老神仙告诉他要能吃苦，可是王七游手好闲惯了，根本吃不了苦。最后好不容易学会了穿墙术，老神仙告诫他，如果心术不正，法术就会失灵。可王七表面上答应，心里却满不在乎。对于王七来说，诚实比羽毛还要轻，虚荣比山还要重。结果法术失灵，王七的脑袋被磕出一个大包。想想看，生活中是不是也有很多不能吃苦、爱慕虚荣的人呢？

《聊斋志异》就是这么回事儿

《聊斋志异》是一部文言短篇小说集，讲的都是神仙鬼怪、灵异事件。有人会问了："不就是讲鬼故事吗？这样的书也能算名著？"能算，还真能算。虽然它表面是在讲鬼狐，但其实是在讲人间，书中的故事讽刺了社会上的丑恶现象，表扬了好人好事。

这些故事大概分成四类。

第一类：考场曝出惊天黑幕，科举制度将何去何从

代表作品：《考弊司》《贾奉雉》《叶生》等。

科举制度发展到明清时期已经陷入僵化，许多人把读书、做官当成发家敛财的手段。考场上也是黑幕重重，考生往往要给考官送钱来讨好他们，才有机会考中。比如《考弊司》，故事中有一个叫闻人生的人，遇到一个秀才，秀才把他带到一所阴间的学校，名叫"考弊司"。秀才说，这里的校长叫虚肚鬼王，凡是第一次来这里的人，都要被他绑起来，从大腿上割下一块肉。秀才希望闻人生能救救他们。闻人生很奇怪，问："我有什么本事能救你们呢？"秀才说："您的前世是虚肚鬼王的爷爷

剧透先锋

辈,您说的话他不敢不听。"于是,闻人生便走进了考弊司,虚肚鬼王见到他,果然很恭敬。然而,当闻人生说起割肉的事儿时,虚肚鬼王一下子变了脸,说这是规矩,每个人都要割肉,谁来求情都没用。说着,就把秀才绑起来,从大腿上割下了一块肉。看到这里,闻人生实在忍不住了,就去阎王面前告状。阎王很生气,命人将虚肚鬼王抽了筋,关进了地狱。

很显然,故事中的虚肚鬼王指的就是现实生活中那些向学生索要钱财的考官呀。

第二类:社会黑暗,贪官污吏几时休

代表作品:《促织》《席方平》《续黄粱》等。

古代的贪官污吏对上巴结讨好、对下剥削压迫,可恶至极。书中的名篇《促织》(促织指蟋蟀)就讲了这样一个故事:当时的皇帝玩物丧志,一天到晚就知道撅着屁股斗蟋蟀,于是各级官员为了讨好皇帝,纷纷进献体格强健、勇猛好斗的蟋蟀。华阴县的县官为了拍皇上的马屁,便让百姓们给他抓蟋蟀。有一个叫成名的人因为没能在规定的时间内上缴蟋蟀,被县官打成了重伤。这时,村里来了个巫婆,她告诉成名在哪里能抓到蟋蟀。成名按照巫婆的指点,果然抓到了一只身体强壮的蟋蟀。

没想到成名家的熊孩子趁爸爸不在家，把蟋蟀给玩死了。孩子知道自己闯了祸，怕挨打，于是跳井自杀了。成名把孩子从井里救出来时，发现孩子还有一口气。到了晚上，孩子变成蟋蟀，跳进了成名的衣袖里。成名将蟋蟀交给县官，没想到，这只小蟋蟀连续斗败了全国各地的蟋蟀，甚至连鸡都拿它没办法。皇帝大喜，重赏了成名，成名一下子变成了大富翁。

斗蟋蟀只是皇帝一时的喜好，然而各级官员却因此搜刮百姓，不知让多少人家破人亡。故事圆满结局的背后是一幕幕人间惨剧。

第三类：摆脱封建观念，我们要自由解放

代表作品：《娇娜》《白秋练》等。

现在，男孩女孩可以在一起上学，可以在课后一起玩耍，说说笑笑、打打闹闹，也都习以为常。在这样的环境中，大家既是同学，也可以成为好朋友。然而在古代，男女之间不能随便来往，不太可能成为好友。再加上婚姻大事主要由父母、长辈决定，所以很多男女结婚之后，虽然名义上是夫妻，但实际上并没有夫妻之情。不过，在《聊斋志异》中，蒲松龄却写下了这样一些故事，故事中的男女主人公突破封建观念的束缚，他们大

胆来往，彼此成为知心朋友，甚至结为夫妻。比如在《娇娜》这个故事里，有一个年轻的书生叫孔雪笠，他有一个复姓皇甫的朋友，孔雪笠称他为皇甫公子。有一回，孔雪笠生病了，胸前长出一个大肉瘤。皇甫公子找来自己的表妹娇娜，给孔雪笠医治。娇娜十分漂亮，医术也很高明，她在花园的亭子里给孔雪笠做了一台外科手术，切除了肉瘤。孔雪笠被娇娜的美貌迷住了，竟然没觉得疼。此后，孔雪笠对娇娜一直念念不忘。后来，皇甫公子找到孔雪笠，告诉他皇甫家的人其实都是狐狸精，现在有个怪物要来抓他们，希望孔雪笠能出手相救。孔雪笠答应了。有一天，雷电大作，天空中果然来了一个怪物，它伸出巨手，抓走了娇娜。孔雪笠举起宝剑，跃向空中，向怪物刺去，结果被雷电击中，昏死过去。娇娜赶紧从肚子里吐出一粒红丸，口对口地送进孔雪笠的嘴里（这样的动作是古代人完全无法接受的），将他救活。在故事的最后，连作者蒲松龄都感慨：孔雪笠能有娇娜这样一位朋友，真是让人羡慕啊！

第四类：摒除不良风气，倡导和谐美好

代表作品：《崂山道士》《骂鸭》等。

《聊斋志异》不仅批判科举制度、讽刺贪官污吏，还

对当时社会中的不良风气进行无情揭露。比如《崂山道士》中有个读书人，姓王，在家排行第七，所以叫王七。他迷恋仙法，上崂山找了一位神仙拜师学艺。神仙说要想学艺，必须先干活、能吃苦。王七满口答应了。可是两个多月过去了，神仙都不曾教他仙法。王七坚持不住了，想要回家，临走前，他希望神仙至少教他一种法术。于是神仙便教他穿墙术，并且告诫他，学会了法术不能臭显摆，更不能用法术干坏事，不然法术就会失灵。王七再次满口答应。他学会了法术，回家后马上向妻子炫耀，没想到法术失灵，他不仅没能穿墙，反而将脑袋撞出一个鸡蛋大的包。

正是因为这些鲜明的讽刺与批判，《聊斋志异》才能成为中国古代文言短篇小说的巅峰之作。

扫二维码，听精彩讲解

超级访谈

想喝茶得先讲个鬼故事

主持人

观众朋友们大家好！欢迎收看今天的"超级访谈"，今天我们请到的嘉宾是鬼故事大王——《聊斋志异》的作者蒲松龄先生！

过奖。主持人好！大家好！

蒲松龄

主持人

哎哟！蒲先生，您这么有名的作家，衣服上怎么还打着补丁啊，是行为艺术吗？

贤弟莫要取笑，我何时出名了？至于补丁……我原本是想买件新衣服的，可家里已经穷得揭不开锅了，我怎么好……啥叫行为艺术啊？

蒲松龄

主持人

呃，这是您过世之后才流行起来的词，我私下再给您解释。像您这么有才华的人，没有考进士做官吗？为何会落魄成这样？

唉，这是一个伤心的故事。我十九岁的时候第一次参加科举考试，一下子就拿到了县、府、道三个第一，成了秀才，十里八村的乡亲们都到我们家来道喜。我本以为就算考不上状元，中个榜眼、探花还是没问题的。可后来我考了一次又一次，屡屡受挫，一直到72岁才补给我一个贡生。

蒲松龄

主持人

怪不得《聊斋志异》中那些美貌的花妖鬼狐总是出现在穷书生身边，助他考中状元，又嫁给他做媳妇，这就是您自己最大的心愿吧？

见笑，见笑。

蒲松龄

主持人

哈哈，人之常情。那您这些年靠什么维持生计？在什么样的环境下创作呢？

不考试时，我就到大户人家当私塾先生，补贴家用。一有空闲，我就搜集奇闻逸事作为小说素材。有一段时间，我每天灌一大壶凉茶，守在路边，遇到南来北往的商人、脚夫，就请他们喝

蒲松龄

超级访谈

杯茶解解渴，不过，他们要给我讲一个有意思的故事来抵茶钱①。我每听到一个好玩的故事就记录下来。有时，朋友们劝我，不要再收集这些故事了，一心一意考科举吧。可是后来啊，我将全部的业余时间都投入到创作中了。多少个深夜，伴着一盏孤灯，我趴在冰冷的桌案上，思绪飘出聊斋，飘到乡村山野的鬼狐身边。就这样日复一日，暑往寒来，历时三十多年我才写完《聊斋志异》这部小说。"聊斋"就是我书房的名字，"志"就是记录的意思，"异"是指奇异的故事。所以，书名的意思就是：在我的书房中记录下来的奇异的故事。

蒲松龄

主持人

啊！我就说这名字怎么这样奇怪呢，可我还有一点不明白，为什么每个故事的最后一段都有"异史氏曰……"这异史氏是谁啊？

贤弟可曾读过司马迁的《史记》？司马先生自称太史公，在每个历史故事的结尾处，他都会加上自己的评论——"太史公曰……"。我非常

蒲松龄

---

① 出自邹弢（tāo）所著的《三借庐笔谈》，不过鲁迅先生认为，蒲松龄已经穷得揭不开锅了，不太可能有钱摆茶摊。

34

欣赏这种写法,便照葫芦画瓢给自己取了异史氏这个名字,并在故事末尾加以评注。"异史"就是野史轶事的意思。

蒲松龄

主持人

听了先生的话,我真是恍然大悟呀!祝您早日考中进士,写更多的好书。观众朋友们,感谢您收看今天的"超级访谈",咱们下期再见!

特别推荐

《柳秀才》这篇小说只有二百字左右,在《聊斋志异》这部短篇小说集中也算篇幅短的,但却刻画出了沂县县令、柳秀才、蝗神三个鲜明的人物。

柳秀才

明季①,蝗生青兖(yǎn)间②,渐集于沂(yí)③。沂令忧之。退卧署幕④,梦一秀才来谒(yè)⑤,峨冠⑥绿衣,状貌修伟。自言御蝗有策。询之,答云:"明日西南道上,有妇跨硕腹牝(pìn)驴子⑦,蝗神也。哀⑧之,可免。"令异之,治具⑨出邑(yì)南。伺良久,果有妇高髻褐帔⑩,独控老苍卫⑪,缓蹇(jiǎn)北度(duó)⑫。即爇(ruò)香⑬,

---

① 明季:明朝末年。
② 青兖间:指青州、兖州一带,在今山东省中部。
③ 渐集于沂:集,停落。沂,沂水县。
④ 署幕:衙内县令住室。
⑤ 谒:拜见。
⑥ 峨冠:高高的帽子。
⑦ 牝驴子:母驴。牝,雌性禽兽。
⑧ 哀:哀求。
⑨ 治具:置办酒食。
⑩ 高髻褐帔:高高的发髻,身上披着粗布披肩。
⑪ 卫:驴。
⑫ 缓蹇北度:迟缓艰难地向北走来。
⑬ 爇香:焚香。

捧卮（zhī）①酒，迎拜道左②，捉驴不令去。妇问："大夫③将何为？"令便哀恳："区区小治④，幸悯脱蝗口。"妇曰："可恨柳秀才饶舌⑤，泄我密机！当即以其身受，不损禾稼可耳。"乃尽三卮，瞥不复见。后蝗来，飞蔽天日，然不落禾田，但集杨柳，过处柳叶都尽。方悟秀才柳神也。或云："是宰官忧民所感。"诚然哉！

译文

　　明朝末年，青州、兖州发生蝗灾，并渐渐地蔓延到沂水县。沂水县的县令对此十分担忧。退堂后，县令睡卧在自己的府邸中，梦见一位秀才来拜见。秀才头戴高冠，身穿绿衣，长得魁梧修长，自称有抵御蝗灾的办法。县令问他有什么办法，秀才回答说："明日在西南道上，会有个妇人骑着一头大肚子母驴经过，她就是蝗神。哀求她，可以免灾。"

　　县令觉得这个梦很奇怪，就置办好酒菜带到城南。等了很长时间，果然有个梳着高高的发髻、身披粗布披肩的妇女，独自一人骑着一头灰白老驴，缓慢地往北

---

① 卮：古代盛酒的器皿。
② 道左：道旁。
③ 大夫：对沂水知县的尊称。
④ 小治：小县。治，管内，辖区。
⑤ 饶舌：多嘴。

特别推荐

走着。县令立即焚香,捧着酒杯,迎上去拜见,并牵住驴子不让走。妇人问:"您想干什么?"县令便哀求道:"区区小县,希望能得到您的怜悯,逃脱蝗口!"妇人说:"可恨柳秀才多嘴,泄露我的机密!那就让蝗虫去咬他,不损害庄稼就是了。"于是饮酒三杯,转眼间不见了。

过后蝗虫飞来,遮天蔽日,但是不落在庄稼地,只集中在杨柳树上,蝗虫经过的地方,柳叶全被吃光了。县令这才明白梦中的秀才就是柳神。有人说:"是县官仁爱、担忧百姓才打动了柳秀才。"确实如此呀!

故事虽然带有奇幻色彩，但却有现实基础。据史料记载，明清时期，蒲松龄的家乡山东地区连年发生蝗灾，蝗虫飞过的地方，无论是庄稼还是树木都只剩光杆，百姓饿得两眼直冒绿光。相传曾经有一个昏庸的县令不知百姓疾苦，心血来潮跑到田间，捏起一只蝗虫，饶有兴致地问："这么小的虫子有什么可怕的，怎么会成灾害呢？这是什么虫子呀？"老百姓听了气得直跺脚，咬着后槽牙回答他："是糊涂虫（指县令）！"

相比之下，沂水县县令的忧心忡忡，柳神的见义勇为、舍己为民，蝗神的威严但又不失宽怀，令我们怦然心动，感受到一种动人、温馨的力量。蒲松龄在故事结尾处点明，如果官员真心爱护百姓，连鬼神都会施以援手！由此，我们可以感受到他对清官廉吏的殷殷期盼和忧民之心。

欢乐谷

《儒林外史》
科举害了一拨人

作　者：吴敬梓（zǐ）
文　体：长篇章回体讽刺批判小说
篇　幅：五十六回
字　数：约四十万字
地　位：中国古代讽刺文学高峰

人物风云榜

范进

第一类：深受毒害型
代表人物：范进

范进是《儒林外史》[①]中最有名的人物。你看他的名字，这个"进"字不就是考取进士的意思吗？他将一辈子的心血都花在科举考试上，考到了五十多岁还是个童生。他没有任何谋生的本事，一不会种地，二不会赚钱，家里的妻子和老母亲过着饥寒交迫的生活。终于有一回，他考中了秀才，这让范进自信心爆发，紧接着又参加乡试，没想到走了大运，又考中了举人。可好事却变成了坏事，范进过于激动，导致精神失常，疯了。最后，范进被人狠狠扇了一巴掌，吓了一跳，才恢复正常。

[①]《儒林外史》是一部短篇艺术与长篇艺术相结合的作品。虽然一般被归类为长篇小说，但小说全书中没有贯穿始终的主要人物和故事框架，而是一个个相对独立的故事的连环套。此处介绍的"范进""杨执中""王惠""杜少卿"都是《儒林外史》中不同故事的主人公。

42

杨执中

第二类：吃不到葡萄说葡萄酸型
代表人物：杨执中

狐狸吃不到葡萄就说葡萄酸，而杨执中这类人考不上科举就说自己是无心于功名的世外高人。杨执中考了十几回也没考中举人，直到晚年才在县里的学堂当了个教官。和范进一样，杨执中也没有任何谋生的本事，他帮别人管理账目，一年下来，反而亏空了七百多两银子。家里的日子也过得一塌糊涂，到了除夕夜，全家人连一顿年夜饭都吃不上。就是这样一个破落之人，却在屋里贴着一副"三间东倒西歪屋，一个南腔北调人"的对联，看似诙谐（huīxié）豁达。然而再看屋子另一边，当年县里学堂聘他当教官的帖子也被他贴在墙上，可见他内心深处还是希望能通过科举考试谋得官职。

王惠

第三类：心理变态报复社会型
代表人物：王惠

还有一些人，辛辛苦苦参加了无数次科举考试，好不容易入仕为官，便报复性地搜刮民脂民膏。例如南昌知府王惠，刚刚到江西上任，一不问风土人情，二不问公文公务，首先打听"地方人情，可还有甚么出产？词讼里可也略有些甚么通融？"为了实现"三年清知府，十万雪花银"的发财梦，他将衙门里原有的"吟诗声、下棋声、唱曲声"换成了"戥子（děng·zi）①声、算盘声、板子声"。书中记载："衙役百姓，一个个被他打得魂飞魄散，合城的人无一个不知道太爷的利害，睡梦里也是怕的。"

---

① 戥子：测定贵重物品或某些药品重量的小秤，构造和原理跟杆秤相同。

杜少卿

第四类：完美君子型
代表人物：杜少卿

《儒林外史》里难道就没有一个好人吗？好人还是有的。吴敬梓理想中的完美君子是既有传统儒家美德又有六朝名士风度的文人，例如杜少卿。他认为朝廷腐朽，所以即使是朝廷请他做官，他也装病不去，也不参加科举考试。但他很有学问，而且是真才实学，对于古诗古文都能提出自己的见解，并不拘泥于人们所认为的"标准答案"。他为人慷慨豪爽，遇到朋友有难，他倾尽所有帮助别人。一个裁缝的母亲去世了，无钱买棺材，他便当了自己的衣服让裁缝拿去为母亲下葬。可以说，杜少卿这样的名士寄托着吴敬梓对完美君子的期待。

剧透先锋

《儒林外史》就是这么回事儿

《儒林外史》是一部讽刺批判小说。批判什么呢？主要是批判科举。

科举起源于隋朝，通过分科考试的方式选拔人才。在隋朝以前，能够在朝廷中当官的基本都是贵族、官僚（liáo）的后代，普通百姓根本没有机会改变自己的命运。可是，有了科举制度就不一样了，不管是贵族家的公子还是农民家的儿子，只要你好好读书，考个好成绩，都有机会入朝为官，改变命运。

当然，要在科举中取得好成绩也不容易。以清朝为例，童生首先要参加府县举办的院试，考上的人称为秀才，考不上的还是童生。所以，一个八十岁的老头儿，如果连院试也没通过，仍称为童生。秀才再去参加在京师和省会举办的乡试，考上的人称为举人。举人里的第一名叫解（jiè）元。举人再去参加由礼部举办的会试，考上的人称为贡士，意为贡奉给皇帝的人才。贡士里的第一名叫会元。贡士再去参加由皇帝亲自出题、亲自监考、在皇宫里举行的殿试，考上的人称为进士。进士又分为三等——一甲、二甲和三甲。一甲有三人，也就是进士里的前三名，第一名叫状元，第二名叫榜眼，第三名叫探花。二甲的人数不定，统称赐进士出身。三甲的人数也不定，统称赐同进士出身。一个人如果又是解元又是会元又是状元，这就叫连中三元。

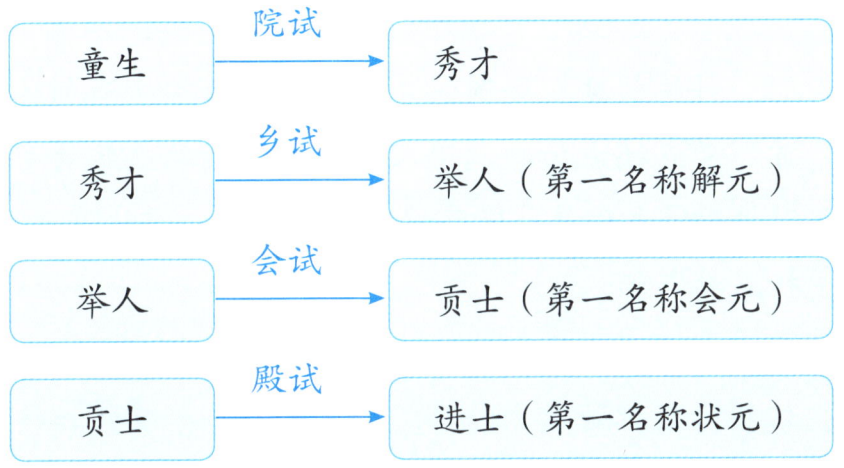

科举制度在中国运行了一千多年，到明清时期已陷入了僵化。

先说科举考试的内容。考试内容被限定在"四书""五经"的范围内，试题全从这九本书里找。对于考生来说，这就好办了，不就是考这九本书吗？好，我把这九本书全背下来，别的书我都不看了。这就造成读书人只会死记硬背，思想单纯，知识面窄。如果随便问一个秀才："明朝之前是哪个朝代呀？"他可能会挠着脑袋回答你："不知道啊，是不是秦朝？"

剧透先锋

再说科举考试的形式。考试全都要求写八股文。考生写文章时要模仿孔子、孟子的口气,而且每个部分的格式、字数、修辞手法也都要符合要求。这样的文章非常难写,而且很难看出考生见识的多少、文采的高低,只要经过程式化的训练,大家写出来的文章看起来都差不多。

因此,科举制度发展到明清时期,不仅不能为朝廷选拔人才,反而还成为功利小人们削尖脑袋往上爬的手段。吴敬梓对这种现象非常气愤,于是写了《儒林外史》对其进行深刻揭露。

吴敬梓在《儒林外史》一开头就先说明故事发生在明朝,但实际上都是清朝的事。全书没有一个贯穿始终的故事情节,而是用一系列独立的故事串联而成。书中人物主要分为四类,详情参见"人物风云榜"。

扫二维码,听精彩讲解

专业"败家"二十年

主持人：观众朋友们大家好,欢迎收看"超级访谈",今天我们请到的嘉宾是《儒林外史》的作者——吴敬梓先生。

吴敬梓：主持人好,大家好。

主持人：哎呀,吴先生,您来参加我们的节目怎么也不穿身好衣服啊?您看,这袖子上还打着补丁!据我所知,您可是出身于仕宦(huàn)之家,何至于落魄到此?

吴敬梓：你哪里知道我的难处啊!我们家的人确实都挺厉害,我的曾祖父曾考中探花,伯祖、叔祖都是进士,我的一个哥哥和一个弟弟也都是进士。我爸爸虽然不是进士,但也是一个兢(jīng)兢业业的好官。后来家父去世,留下了两万两银子的遗产,族中的长辈兄弟欺我年轻,对此巧取豪夺。他们不是想霸占我的财产吗?那我

超级访谈

就趁他们将财产抢走之前拼命挥霍。花钱谁不会啊？我挥金如土，族里的亲人都把我当作败家子的典型，大人教育孩子都说："你可千万不能变成吴敬梓啊！"后来，我搬到南京靠卖文为生，生活穷困潦倒，肚子经常饿得咕咕叫。今天我能穿着这件破衣服来录节目就不错了，你还嫌我衣服上有补丁！

吴敬梓

主持人

哎呀！我明白了。《儒林外史》里有个人叫杜少卿，他也是花光了自己的家产，用来帮助朋友、接济穷人，别人都说他是败家子。这个杜少卿就是您自己的化身吧？

也可以这么说。杜少卿是我心目中的完美君子，我要以他为榜样。

吴敬梓

主持人

这件事说来也很奇怪。您家里有那么多人都中了进士，说明您家是书香门第，族人应该都是读书人啊，怎么能忍心抢夺您的财产呢？

所以说世态炎凉，人心不古啊！读书人本来应该知书达理、品行端正，然而沦落到这种地步，可见这个社会也没什么希望了。

吴敬梓

主持人

那么您没有去参加科举考试吗？

我也去考过，但只考中了秀才，后来就没再考了。

吴敬梓

主持人

您什么时候写的《儒林外史》这本书？

我三十多岁时开始写这本书，大概在我四十八岁那年，书稿内容才全部完成。书中的人物大部分是确有其人，有些是我小时候见过的父辈的同事，有些是我后来见到的读书人。

吴敬梓

主持人

怪不得您故意说书里的故事都发生在明朝，是怕别人看出来吧？

哈哈哈，你很聪明啊！

吴敬梓

主持人

有这么深刻的观察,这本书一定会成为中国讽刺文学的代表!非常感谢吴先生来到我们的节目,鉴于吴先生还饿着肚子,我们今天的节目就先到这里,好让吴先生吃点东西。再次感谢大家收看,我们下期再见!

特别推荐

范进五十多岁还只是童生，过得贫苦不堪，腊月里还穿着单衣，几十年来，连猪油都不曾吃过几回。平日里受尽别人的白眼，岳父胡屠户有事没事就臭骂他一顿。直到有一天，范进考中了秀才，郑屠户到家里来贺喜。说是贺喜，其实是将范进挖苦了一通。

范进中举

范进进学回家，母亲、妻子俱各欢喜。正待烧锅做饭，只见他丈人胡屠户，手里拿着一副大肠和一瓶酒，走了进来。范进向他作揖（yī）[1]，坐下。

胡屠户道："我自倒运，把个女儿嫁与你这现世宝穷鬼，历年以来，不知累了我多少。如今不知因我积了甚么德，带挈（qiè）你中了个相公，我所以带个酒来贺你。[2]"范进唯唯连声，叫浑家[3]把肠子煮了，烫起酒来，在茅草棚下坐着。母亲自和媳妇在厨下造饭。胡屠户又

---

[1] 屠夫在古代是一种很低贱的职业，又脏又累，被人瞧不起。范进是读书人，又刚刚中了秀才。然而范进见到胡屠户却要作揖行礼。一方面因为胡屠户是范进的岳父，另一方面恐怕是因为连屠夫都瞧不起范进这样一个考了一辈子科举、一无是处的读书人。

[2] 范进中了秀才，这和胡屠户有什么关系？胡屠户这样说，可见是平时经常欺负范进。

[3] 指妻子。

吩咐女婿道："你如今即中了相公，凡事要立起个体统来。比如我这行事里，都是些正经有脸面的人①，又是你的长亲，你怎敢在我们跟前装大？若是家门口这些做田的、扒粪的，不过是平头百姓，你若同他拱手作揖，平起平坐，这就是坏了学校规矩，连我脸上都无光了。你是个烂忠厚没用的人，所以这些话我不得不教导你，免得惹人笑话。"范进道："岳父见教的是。"胡屠户又道："亲家母也来这里坐着吃饭。老人家每日小菜饭，想也难过。我女孩儿也吃些。自从进了你家门，这十几年，不知猪油可曾吃过两三回哩！可怜！可怜！"说罢，婆媳两个都来坐着吃了饭。吃到日西时分，胡屠户吃的醉醺醺的。这里母子两个，千恩万谢。胡屠户横披了衣服，腆着肚子去了。

次日，范进少不得拜拜乡邻。魏好古又约了一班同案的朋友，彼此来往。因是乡试年，做了几个文会。不觉到了六月尽间，这些同案的人约范进去乡试。范进因没有盘费，走去同丈人商议，被胡屠户一口啐在脸上，骂了一个狗血喷头道："不要失了你的时了！你自己只觉得中了一个相公，就'癞虾蟆想吃起天鹅肉'来！我听见人说，就是中相公时，也不是你的文章，还是宗师

---

① 屠户在古代哪里有什么脸面？胡屠户这样说，让人觉得似乎屠户还能凭本事养活自己，而范进这样的读书人，连自己的母亲、妻子都养活不了，他的社会地位还不如屠户。

看见你老，不过意，舍与你的。如今痴心就想中起老爷来！这些中老爷的都是天上的'文曲星'！你不看见城里张府上那些老爷，都有万贯家私，一个个方面大耳。像你这尖嘴猴腮，也该撒抛①尿自己照照！不三不四，就想天鹅屁吃！趁早收了这心，明年在我们行事里替你寻一个馆，每年寻几两银子，养活你那老不死的老娘和你老婆是正经！你问我借盘缠，我一天杀一个猪还赚不得钱把银子，都把与你去丢在水里，叫我一家老小嗑②西北风！"

一顿夹七夹八，骂的范进摸门不着。辞了丈人回来，自心里想："宗师说我火候已到，自古无场外的举人，如不进去考他一考，如何甘心？"因向几个同案商议，瞒着丈人，到城里乡试。出了场，即便回家。家里已是饿了两三天。被胡屠户知道，又骂了一顿。

到出榜那日，家里没有早饭米，母亲吩咐范进道："我有一只生蛋的母鸡，你快拿集上去卖了，买几升米来煮餐粥吃，我已是饿的两眼都看不见了③。"范进慌忙抱了鸡，走出门去。才去不到两个时候，只听得一片

---

① "抛"同"泡"。

② "嗑"同"喝"。

③ 摊上这样一个儿子，范进的母亲也受了不少苦。这让我们想到：在那个年代，有多少像范进一样的读书人醉心于科举、功名，却连最基本的谋生技能都没有，这样的人怎么能成为国家的栋梁。这正是封建科举制度僵化腐朽的地方。

特别推荐

声的锣响,三匹马闯将来。那三个人下了马,把马拴在茅草棚上,一片声叫道:"快请范老爷出来,恭喜高中了!"母亲不知是甚事,吓得躲在屋里;听见中了,方敢伸出头来说道:"诸位请坐,小儿方才出去了。"那些报录人道:"原来是老太太。"本家簇拥着要喜钱。正在吵闹,又是几匹马,二报、三报到了,挤了一屋的人,茅草棚地下都坐满了。邻居都来了,挤着看。老太太没奈何,只得央及一个邻居去寻她儿子。

那邻居飞奔到集上,一地里寻不见;直寻到集东头,见范进抱着鸡,手里插个草标,一步一踱的,东张西望①,在那里寻人买。邻居道:"范相公,快些回去。恭喜你中了举人,报喜人挤了一屋里。"范进道是哄他,只装不听见,低着头,往前走。邻居见他不理,走上来,就要夺他手里的鸡。

范进道:"你夺我的鸡怎的?你又不买。"邻居道:"你中了举了,叫你家去打发报子哩。"范进道:"高邻,你晓得我今日没有米,要卖这鸡去救命,为甚么拿这话来混我?我又不同你顽②,你自回去罢,莫误了我卖鸡。"邻居见他不信,劈手把鸡夺了,掼在地下,一把拉

---

① 范进卖鸡的动作也实在搞笑。古代卖东西应该大声吆喝,"一步一踱的,东张西望",别人怎么会知道你是在卖鸡?那范进为什么不吆喝呢?原因大概有两个:要么是他不会,连这点小贩的本事也没有;要么是他不肯,他自认为是读书人,在街上大声吆喝有辱斯文。

② "顽"同"玩"。

了回来。报录人见了道:"好了,新贵人回来了。"正要拥着他说话。范进三两步走进屋里来,见中间报帖已经升挂起来,上写道:"捷报贵府老爷范讳①进高中广东乡试第七名亚元。京报连登黄甲。"

范进不看便罢,看了一遍,又念一遍,自己把两手拍了一下,笑了一声道:"噫!好了!我中了!"说着,往后一交跌倒,牙关咬紧,不省人事。老太太慌了,慌将几口开水灌了过来。他爬将起来,又拍着手大笑道:"噫!好!我中了!"笑着,不由分说,就往门外飞跑,把报录人和邻居都吓了一跳。走出大门不多路,一脚踹在塘里,挣起来,头发都跌散了,两手黄泥,淋淋漓漓一身的水,众人拉他不住,拍着笑着,一直走到集上去了。众人大眼望小眼,一齐道:"原来新贵人欢喜疯了。"老太太哭道:"怎生这样苦命的事!中了一个甚么举人,就得了这个拙病!这一疯了,几时才得好?"娘子胡氏道:"早上好好出去,怎的就得了这样的病!却是如何是好?"众邻居劝道:"老太太不要心慌。我们而今且派两个人跟定了范老爷。这里众人家里拿些鸡蛋酒米,且管待了报子上的老爹们,再为商酌。"当下众邻居有拿鸡蛋来的,有拿白酒来的,也有背了斗米来的,也有捉两只鸡来的。娘子哭哭啼啼,在厨下收拾齐了,拿在草

---

① "讳"指代"名",表示尊重范进,不直接称呼他的名字。

特别推荐

棚下。邻居又搬些桌凳，请报录的坐着吃酒，商议："他这疯了，如何是好？"报录的内中有一个人道："在下倒有一个主意，不知可以行得行不得？"

众人问："如何主意？"那人道："范老爷平日可有最怕的人？他只因欢喜狠了，痰涌上来，迷了心窍。如今只消他怕的这个人来打他一个嘴巴，说：'这报录的话都是哄你，你并不曾中。'他吃这一吓，把痰吐了出来，就明白了。"众邻都拍手道："这个主意好得紧，妙得紧！范老爷怕的，莫过于肉案子上胡老爹。好了！快寻胡老爹来。他想是还不知道，在集上卖肉哩。"又一个人道："在集上卖肉，他倒好知道了；他从五更鼓就往东头集上迎猪，还不曾回来。快些迎着去寻他。"一个人飞奔去迎，走到半路，遇着胡屠户来，后面跟着一个烧汤的二汉，提着七八斤肉，四五千钱，正来贺喜①。进门见了老太太，老太太大哭着告诉了一番。胡屠户诧异道："难道这等没福！"外边人一片声请胡老爹说话。胡屠户把肉和钱交与女儿，走了出来。众人如此这般，同他商议。胡屠户作难道："虽然是我女婿，如今却做了老爷，

---

① 还记得选段开头，范进中了秀才，胡屠户到家里来贺喜时手里拿着什么东西吗？一副大肠、一瓶酒。大肠属于下水，大家都不爱吃，售卖的价钱也比猪肉低很多。胡屠户是杀猪的，他那里的猪大肠应该有的。所以他拿着最廉价的东西来祝贺范进中了秀才。然而现在范进中了举人，他却拿着"七八斤肉、四五千钱"来贺喜，说明胡屠户十分势利，女婿成了举人老爷，马上就要当官了，当然要好好巴结巴结。

就是天上的星宿（xiù）①。天上的星宿是打不得的！我听得斋公们说：打了天上的星宿，阎王就要拿去打一百铁棍，发在十八层地狱，永不得翻身。我却是不敢做这样的事！"邻居内一个尖酸人说道："罢么！胡老爹！你每日杀猪的营生，白刀子进去，红刀子出来，阎王也不知叫判官的簿子上记了你几千条铁棍；就是添上这一百棍，也打甚么要紧？只恐把铁棍子打完了，也算不到这笔账上来。或者你救好了女婿的病，阎王叙功，从地狱里把你提上第十七层来，也不可知。"报录的人道："不要只管讲笑话。胡老爹，这个事须是这般，你没奈何，权变一权变。"屠户被众人局不过，只得连斟两碗酒喝了，壮一壮胆，把方才这些小心收起，将平日的凶恶样子拿出来，卷一卷那油晃晃的衣袖，走上集去。众邻居五六个都跟着走。老太太赶出来叫道："亲家，你只可吓他一吓，却不要把他打伤了！"众邻居道："这自然，何消吩咐！"说着，一直去了。

　　来到集上，见范进正在一个庙门口站着，散着头发，满脸污泥，鞋都跑掉了一只，兀自拍着掌，口里叫道："中了！中了！"胡屠户凶神似的走到跟前，说道："该死的畜生！你中了甚么？"一个嘴巴打将去。众

---

① 之前胡屠户还说范进是想吃天鹅屁的癞蛤蟆，现在则成了天上的星宿，再次说明胡屠户的势利。

特别推荐

人和邻居见这模样，忍不住的笑。不想胡屠户虽然大着胆子打了一下，心里到底还是怕的，那手早颤起来，不敢打到第二下。范进因这一个嘴巴，却也打晕了，昏倒于地。众邻居一齐上前，替他抹胸口，捶背心，舞了半日，渐渐喘息过来，眼睛明亮，不疯了。众人扶起，借庙门口一个外科郎中"跳驼子"板凳上坐着。胡屠户站在一边，不觉那只手隐隐的疼将起来；自己看时，把个巴掌仰着，再也弯不过来。自己心里懊恼道："果然天上'文曲星'是打不得的，而今菩萨计较起来了。"想一想，更疼的狠了，连忙问郎中讨了个膏药贴着。①

范进看了众人，说道："我怎么坐在这里？"又道："我这半日，昏昏沉沉，如在梦里一般。"众邻居道："老爷，恭喜高中了。适才欢喜的有些引动了痰，方才吐出几口痰来，好了。快请回家去打发报录人。"范进说道："是了。我也记得是中的第七名。"范进一面自绾了头发，一面问郎中借了一盆水洗洗脸。一个邻居早把那一只鞋寻了来，替他穿上。见丈人在跟前，恐怕又要来骂。胡屠户上前道："贤婿老爷，方才不是我敢大胆，是你老太太的主意，央我来劝你的。"邻居内一个人道："胡老爹方才这个嘴巴打的亲切，少顷范老爷洗

---

① 胡屠户也真是好笑，打了别人，自己的手却疼了起来。他的手是真的疼吗？肯定不是，这都是他自己的心理作用，第3次说明了胡屠户的势利。

脸,还要洗下半盆猪油来!"又一个道:"老爹,你这手明日杀不得猪了。"胡屠户道:"我那里还杀猪,有我这贤婿,还怕后半世靠不着也怎的?我每常说,我的这个贤婿,才学又高,品貌又好,就是城里头那张府、周府这些老爷,也没有我女婿这样一个体面的相貌!你们不知道,得罪你们说,我小老这一双眼睛,却是认得人的,想着先年,我小女在家里长到三十多岁,多少钱的富户要和我结亲,我自己觉得女儿像有些福气的,毕竟要嫁与个老爷,今日果然不错!"说罢,哈哈大笑,众人都笑起来,看着范进洗了脸。郎中又拿茶来吃了,一同回

特别推荐

家。范举人先走,屠户和邻居跟在后面。屠户见女婿衣裳后襟滚皱了许多,一路低着头替他扯了几十回。①

  这一段文字刻画了范进落魄童生和疯癫举人的形象。一个热衷于功名的下层知识分子,大半生穷困潦倒,到五十四岁才考中秀才。他中举之前,穷得揭不开锅,邻里也没有一个人借米周济他。他地位卑微,受人歧视,岳父可以任意辱骂他。他中了秀才后,社会地位略有改变,可胡屠户对他的态度仍然十分粗野傲慢,臭骂他、训斥他,他总是习惯性地"唯唯连声",逆来顺受,甘受屈辱。但当范进中了举人,情形就完全不同了。几十年来的贫困、屈辱一旦过去,梦寐以求的功名富贵一旦出现,政治、经济、社会地位一旦改变,就导致他惊喜得发了疯。那可憎可笑的疯癫形象被描绘得淋漓尽致,范进的疯病被胡屠户一骂一打治好后,他回忆疯癫中的情景,别的都"昏昏沉沉"记不得,唯独"记得是中的第七名"。这真是既可笑又可怜!

---

① 从这一段能看出,胡屠户对于范进的态度是非常敬畏的,对于范进相貌的评价也发生了巨大的转变。范进中举之前,胡屠户说他的样貌是"尖嘴猴腮",中举后则说他"品貌好";女婿中举前,胡屠户说"我积了甚么德,带挈你中了个相公",中举后则说"有我这贤婿,还怕后半世靠不住也怎的";范进中举前,胡屠户离开时"横披了衣服,腆着肚子去了",而如今"见女婿衣裳后襟滚皱了许多,一路低着头替他扯了几十回",深刻反映出当时一部分人嫌贫爱富、趋炎附势的小人嘴脸。

《红楼梦》
土豪家的故事

别　名：《石头记》《风月宝鉴》《金陵十二钗》《金玉缘》

作　者：曹雪芹、高鹗

文　体：长篇章回体世情小说

篇　幅：一百二十回

字　数：七十万字左右

地　位：与《三国演义》《水浒传》《西游记》并称四大名著，中国古典小说巅峰之作，又称"中国封建社会的百科全书"

人物风云榜

《红楼梦》中人物众多,最核心的是贾宝玉、林黛玉和薛宝钗。这三人之间都是亲属关系,如下图。

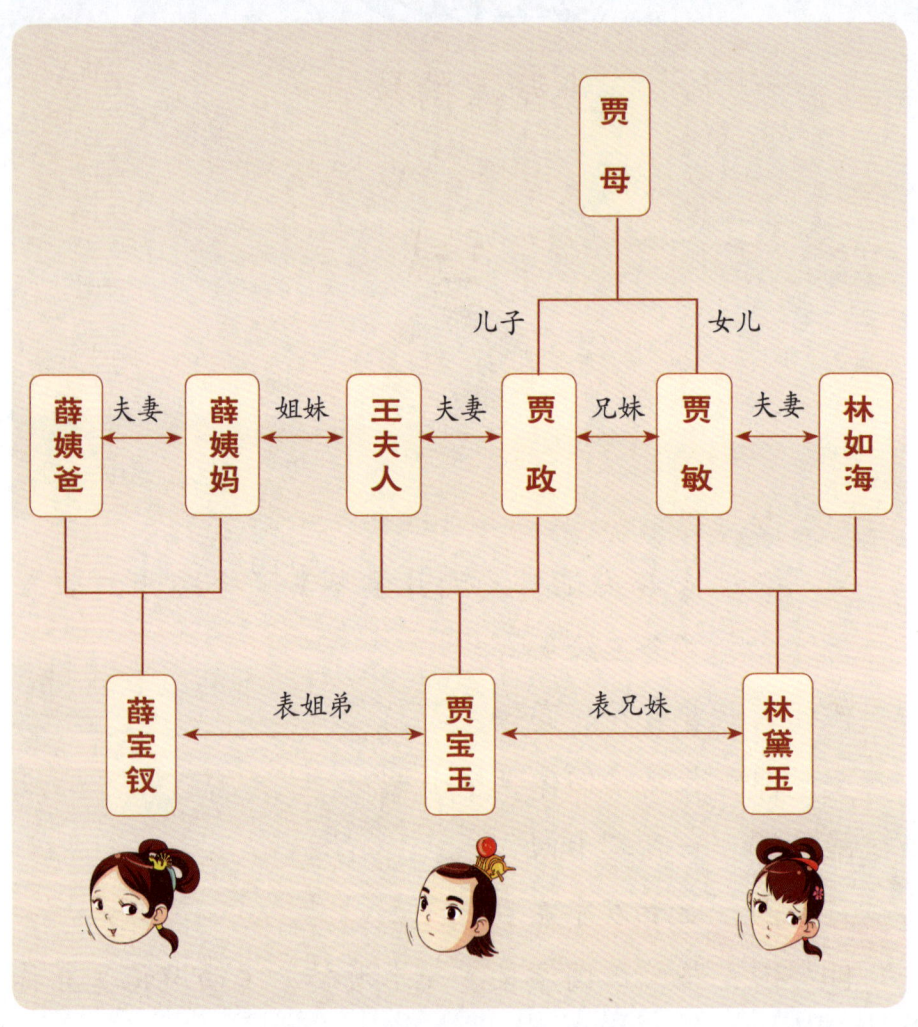

贾宝玉

评语：富贵闲人、混世魔王

传说远古时女娲补天，炼了三万六千五百零一块补天石，用掉了三万六千五百块，剩下的一块被女娲丢弃了。天长日久，这块石头修炼成了人形，便到处游玩。有一次他来到了警幻仙子处，警幻仙子让他在赤霞宫中当神瑛侍者。后来，神瑛侍者投胎转世，降生在京城荣国府中，得名贾宝玉。神奇的是，贾宝玉出生时，嘴里含着一块玉石，家人见了都觉得很惊奇：生孩子还附带珠宝饰品，买一送一啊！因此，大家都认为贾宝玉是神仙转世，对那块玉石也格外珍惜，拿根绳子穿起来，戴在贾宝玉脖子上，将它当作他的命根子。贾宝玉一岁时，家人为他举行"抓周"仪式。抓周就是把各种生活用品、职业工具放在床上，让小孩随便抓取，他抓到什么，就说明以后有可能从事相关职业。比如抓个毛笔，以后可能就是读书人；抓个算盘，将来可能是个商人。

人物风云榜

而贾宝玉抓了什么呢?他抓了一把女孩子化妆用的胭脂和身上戴的首饰在那玩儿。这下可把贾宝玉的爸爸气坏了:这臭小子长大了想干什么啊?这还不算什么。贾宝玉逐渐长大,暴露出来的"问题"也越来越多。

话题	社会观念/父亲的期盼	宝玉的看法
对于女性的态度	男人是社会的支柱,女人是男人的附属品。	女孩是水做的,男孩是泥做的。
前途	读圣贤书,考科举,当官。	为了当官而读书的人都是蛀虫,读书要读诗词歌赋。
婚姻	娶薛宝钗,因为她家有钱,她本人端庄稳重。	就要娶林黛玉!

最终,在家族的安排下,贾宝玉无奈与薛宝钗结婚,后来又去参加科举,考中了举人,家人们终于高兴了。没想到贾宝玉却突然失踪,变幻成了原来那块补天剩石,回到了女娲曾经丢弃它的地方。

林黛玉

评语：内心细腻、才华横溢

贾宝玉的前世是神瑛侍者，他常在西方灵河岸边溜达。有一次，他在河边发现了一棵绛珠仙草，于是每天用甘露灌溉它。后来，神瑛侍者转世为人，绛珠仙草也投胎转世，变成了林黛玉，准备用一辈子的眼泪来报答灌溉之恩。所以贾宝玉第一次见到黛玉时说："这位妹妹好像哪里见过。"林黛玉既然要还宝玉一世的眼泪，她的人物设定必须是爱哭鬼，总不能每天用洋葱熏眼睛吧？所以林黛玉注定命运悲苦，性格忧郁。她小小年纪就父母双亡，只能在姥姥家过着寄人篱下的生活。她生性敏感，又多愁善感，常为各种事情抹眼泪。也许因为林黛玉哭得太猛，早早地还清了"水债"，所以她十几岁时就患上了咯血症。在贾宝玉和薛宝钗结婚的当天，黛玉在悲痛中喊着宝玉的名字去世了。

当然，我们也不要单纯地将林黛玉理解为一个爱哭鬼，她的才华还是很值得一提的。在"女子无才便是德"

的古代,林黛玉从小就接受良好的教育,加上她天资极高,所以经常文思泉涌。她花开作诗,花落也作诗,晴天作诗,下雨下雪下冰雹都作诗。她曾连咏三首"菊花诗",在姐妹间的诗歌竞赛中得到第一名的好成绩!

薛宝钗

评语:艳冠群芳

薛宝钗生于皇商之家,爸爸是百万富翁,可惜死得早,撇下了妻子和一双儿女。薛宝钗有个哥哥叫薛蟠,从小就不好好学习,字也不认识几个,大概也就是现在小学二年级水平,整天只知道和一帮公子哥瞎混。因此,薛父不喜欢薛蟠,反而极其疼爱薛宝钗,并教她读书写字。薛宝钗聪慧过人,不仅学得快,还能作诗填词,比哥哥强多了,与林黛玉不相上下。薛宝钗长得也很漂亮,皮肤雪白,大眼睛,当贾宝玉见到她时,也都看呆了。而且她心思细密,虑事周全。在贾府,有两个人不受大家待见——赵姨娘和贾环这对母子。我们暂且不管这两个人是谁，反正大家都不愿意和他们来往。然而薛宝钗给大家准备礼物时，却也没有落下这两个人，把赵姨娘高兴得不得了，直夸宝钗大方、会做人。故事的最后，薛宝钗和贾宝玉结婚，但没想到贾宝玉半路失踪，薛宝钗只能独守空房过完后半生。

剧透先锋

《红楼梦》就是这么回事儿

想要用三言两语讲清楚《红楼梦》可不是件容易的事，因为这部书讲述了一个非常宏大的故事，光出场人物就有几百个，而且其中的关系也是错综复杂。人多事杂也就算了，曹雪芹还写得特别细致，比如一道菜用了哪些配料，一条漂亮裙子上用了怎样的针脚，都写得一清二楚。不过不用怕，我们有"缩骨大法"，再长的故事也能化繁为简。

《红楼梦》全篇其实有两条重要线索，一条讲宝玉、黛玉、宝钗的爱情故事，另一条讲贾府这个封建贵族大家庭的兴衰。

宝黛钗的爱情故事

三人的故事要从林黛玉的妈妈病逝说起。贾母听说自己最疼爱的女儿去世了，悲痛欲绝，擦干眼泪后她决定，一定要把外孙女林黛玉接到自己身边照顾。

贾宝玉和林黛玉是贾母最疼爱的两个孩子，所以二人也经常陪在贾母身边，时间一长，便互相有了好感。当然了，贾宝玉前世是神瑛侍者，林黛玉前世是绛珠仙草，二人关系本来就亲密，这个在书中叫"木石前盟"。两个可爱的孩子每天在一起读书、作诗，偶尔拌嘴赌气哭闹，感情是一天比一天深厚。

谁想到半路杀出个程咬金。薛宝钗一家来京城办事，暂时住在贾家。宝钗的美貌、才情都和黛玉不相上下，而且情商也比黛玉高，更讨人喜爱。更神奇的是，薛宝钗有一块金锁，上面刻着八个字：不离不弃，芳龄永继。而贾宝玉的玉石上也刻着八个字：莫失莫忘，仙寿恒昌。这两句话的意思都是"只要别丢了这宝贝，就能长命百岁"。大家一琢磨就明白了，玉石和金锁，这是金玉良缘呀！所以很多人都说宝玉和宝钗是天生一对。黛玉听说这事，气得直跺脚，她的眼泪流得更凶了。宝玉赶紧表明心迹："林妹妹呀，我只喜欢你一个人，才不稀罕什么金玉良缘，你要是生气，我就把这破玉给砸碎！"林黛玉这才把心放在肚子里。

后来，林黛玉的身体越来越差，咳着咳着就吐一手帕鲜血，恐怕寿命不久。大家趁宝玉还没明白怎么回事的时候，使了一招偷梁换柱，骗他说老爷做主，让他和黛玉结婚，其实顶着红盖头的是宝钗。当宝玉发现的时候已经晚了，反悔也来不及了。而此时的黛玉却已经到了弥留之际，她流着泪将二人过去的书信、诗稿全部烧掉，最后喊着宝玉的名字含恨离世。

在家人的安排下，贾宝玉刻苦攻读，考中了举人。

没想到他半路失踪,变回了当年那块通灵的顽石,留下孤零零的宝钗独守空房。

家族的兴衰

贾家的祖上是一对同胞兄弟,因二人为朝廷立下大功,所以分别被封为宁国公和荣国公。这样,贾家的后代也就分为两支,一支住在宁国府,一支住在荣国府。因祖上有功,贾氏后代可以袭官,于是贾家的权势便越来越大,甚至富可敌国,比现在的土豪可厉害多啦。

贾府权势遮天,家族庞大,生活奢华。贾宝玉的姐姐贾元春被选中入宫,成了皇帝的后妃,贾府上下的虚荣心迅速膨胀:咱们上头有人啊!什么事都得讲究排场,要不元妃娘娘的面子往哪搁?后来元妃回娘家,其实说白了就是回家待半天,然而贾府为了迎接皇妃,花巨资建造了一个大公园,这就是大名鼎鼎的大观园。大观园内有各种古董文玩摆设,又有仙鹤、孔雀、梅花鹿等动物随处漫步。道路两边石栏上都装点着水晶玻璃、各色风灯,犹如银花雪浪。丝绸彩纸被做成各种假叶假花粘在树木上,每棵树上还要挂几盏彩灯。各种豪华的阁楼、庭院更不用说。元妃离开后,大观园也不能就此荒废了,于是贾母让孙女们和宝玉住了进去。他们在这里一次又一次地办生日派对、赏花派对、赋诗派对、烤肉派对，玩得不亦乐乎。这时，大观园里出现了一个极具喜剧色彩的人物——刘姥姥。刘姥姥是一位乡下老太太，哪里见过这么大的世面？她来到奢华的贾府，看什么都觉得稀奇。她说："这里什么东西都好，只是我都叫不上名。"吃饭时，刘姥姥惊讶地发现贾府的茄子竟有鸡肉味，一打听才知道，一小盘茄子用了十几只鸡做配料，可见贾府的生活已经奢华到普通人无法想象的程度。

作为一个贵族大家庭，贾府没有做好子孙后代的教育工作，以致贾氏后人从小就贪图享受、浪费成风，没人愿意静下心来，踏踏实实地读书学习，为家族的长期兴旺添砖加瓦。

由于过度奢侈，贾府终于出现了明显的衰败之象。平时大家吃的上等米，现在只够贾母一个人享用；家中有人生病，翻箱倒柜也找不到二两可用的人参……后来元妃去世，姻亲王子腾暴亡，再加上贾家过去做的一些事，贾府被朝廷抄家，一个大家族轰然倒塌。

番外篇

除了宝黛钗的爱情故事、家族兴衰这两条线索，《红楼梦》还真实地反映了当时的社会问题和民俗风貌，例

如女性地位低下，封建思想僵化，以及古代节日风俗，古代饮食、服饰文化等。所以我们又把《红楼梦》称为"中国封建社会的百科全书"。

扫二维码，听精彩讲解

我家曾经也富贵

主持人：观众朋友们大家好！今天做客"超级访谈"的嘉宾是曹家大少爷——曹雪芹先生！

先生不要取笑，我现在落魄成这样，早就不是当年的大少爷了。

曹雪芹

主持人：您别蒙我啦，谁不知道江南曹家富可敌国啊！听说您的曾祖父是顺治帝最信任的大臣，您曾祖母是康熙帝的奶娘，据说康熙帝小时候出宫，都是她老人家细心照料，这奶娘比亲娘还要亲吧？

嘘！你怎么什么都敢说！不过你说的也是实情，可能是因为曾祖母的缘故，我祖父还曾做过皇上的伴读和御前侍卫。承蒙康熙帝看重，后来还特许我们家祖孙三代都担任江宁织造[①]一职，以往这个官职是不世袭的。

曹雪芹

[①] 江宁织造：这个官职很特殊，虽然品级不高，但地位不凡。其本职事务是监制宫廷使用的绸缎衣料和采购日常用品，此外还奉旨以密折的方式向皇帝直接汇报江南的官场吏治状况以及当地百姓的生活情形，相当于皇帝的耳目，只有皇帝的亲信才会被委以此职。

超级访谈

主持人

怪不得康熙帝六次下江南，其中四次都由您爷爷接驾，那会儿老百姓都在议论，说凡是世上有的东西，曹家都有，不但有，还能堆成山、填满海。①

唉，有钱也不能铺张浪费、到处炫耀啊！康熙帝驾崩后，我们没有了保护伞。雍正帝早就听说江南曹家富可敌国、奢靡腐败，就把我们家抄了，曾经堆成山的银子全被运入国库。

曹雪芹

主持人
瘦死的骆驼比马大，曹家还是有点家底的吧？

什么都瞒不过你。抄家之后，雍正帝开恩，给我们留了北京的几处旧宅、通州的六百亩地、张家湾的一家当铺，本银七千两。前两年的生活还算过得去，可再往后，日子就一天不如一天了，最后只能卖房卖地，搬到香山附近居住。可以说，我就像从天宫仙境落到了地狱。我们曾经

曹雪芹

---

① 《红楼梦》中记载，赵嬷嬷道："嗳哟哟，好势派，独他家接驾四次……别讲银子成了土泥，凭是世上所有的，没有不是堆山塞海的，'罪过可惜'四个字竟顾不得了。"

曹雪芹

都不屑一闻的散装酒,现在要赊账才能喝上一口;全家人的一日三餐,除了大米粥就是小米粥。我那可怜的儿子,许是因为从小喝粥营养跟不上,早早地就离我而去了,咳咳咳……唉,我这身子也不中用了,恐怕没几日就要跟他在地下团聚了。

主持人

唉,人死不能复生,节哀。不过话说回来,曹家的兴衰,好像《红楼梦》中的贾家;您的遭遇好像贾宝玉的经历,这本书写的就是您自己真实的故事吧?

曹雪芹

书中的故事倒也不完全是我家真实发生的事情,但总有很多联系。如果我没有经历过锦衣玉食的生活,也写不出那些亭台楼阁、绫罗绸缎,这方面还是要有生活基础的。另外,有人说我和贾宝玉的性格很像,这个也有道理。我和贾宝玉都不喜欢八股文,不喜欢读四书五经,不想参加科举考试,也不愿意学官场来往、生意应酬之类的东西。但《红楼梦》是文学作品,是被我加工过的故事,我和贾宝玉也不是一模一样的。

主持人

　　古人说"知人论世"。了解了您的身世，我对《红楼梦》又有了新的理解。相信您的介绍也会让今天收看我们节目的观众朋友们深受启发。好了，今天的节目到此结束，感谢曹先生的到来，我们下期再见。

特别推荐

"刘姥姥进大观园"是《红楼梦》中最搞笑的情节之一。刘姥姥是王夫人的远房亲戚,是一个善良憨厚、聪明能干的乡下人,因为这一年庄稼收成不好,她不得不带着小外孙到贾府借点银两维持生活。没见过世面的刘姥姥来到仙境一般的大观园,见了什么都觉得新鲜,闹出了不少笑话。

刘姥姥进大观园

调停已毕,然后归坐。薛姨妈是吃过饭来的,不吃,只坐在一边吃茶。贾母带着宝玉、湘云、黛玉、宝钗一桌。王夫人带着迎春姊妹三个人一桌,刘姥姥傍着贾母一桌。贾母素日吃饭,皆有小丫鬟在旁边,拿着漱盂、麈(zhǔ)尾①、巾帕之物。如今鸳鸯是不当这差的了,今日鸳鸯偏接过麈尾来拂着。丫鬟们知道他要撮弄②刘姥姥,便躲开让他。鸳鸯一面侍立,一面悄向刘姥姥说道:"别忘了。"刘姥姥道:"姑娘放心。"那刘姥姥入了坐,拿起箸来,沉甸甸的不伏手。原是凤姐和鸳鸯商议定了,单拿一双老年四楞象牙镶金的筷子与刘姥姥。

① 漱盂:盛漱口水的器皿。麈尾:古人闲谈时执以驱虫、掸尘的一种工具,羽毛状。
② 撮弄:捉弄。

特别推荐

刘姥姥见了，说道："这叉爬子比俺那里铁锨还沉，那里犟的过他。①"说的众人都笑起来。

只见一个媳妇端了一个盒子站在当地，一个丫鬟上来揭去盒盖，里面盛着两碗菜。李纨端了一碗放在贾母桌上。凤姐儿偏拣了一碗鸽子蛋放在刘姥姥桌上。贾母这边说声"请"，刘姥姥便站起身来，高声说道："老刘，老刘，食量大似牛，吃一个老母猪不抬头。"自己却鼓着腮不语。

众人先是发怔，后来一听，上上下下都哈哈的大笑起来。史湘云撑不住，一口饭都喷了出来，林黛玉笑岔了气，伏着桌子叫"嗳哟"，宝玉早滚到贾母怀里，贾母笑的搂着宝玉叫"心肝"，王夫人笑的用手指着凤姐儿，只说不出话来，薛姨妈也撑不住，口里茶喷了探春一裙子，探春手里的饭碗都合在迎春身上，惜春离了座位，拉着他奶母叫揉一揉肠子。地下的无一个不弯腰屈背，也有躲出去蹲着笑去的，也有忍着笑上来替他姊妹换衣裳的，独有凤姐鸳鸯二人撑着，还只管让刘姥姥。

刘姥姥拿起箸来，只觉不听使，又说道："这里的鸡儿也俊，下的这蛋也小巧，怪俊的。我且撮攮一个。"众人方住了笑，听见这话又笑起来。贾母笑的眼泪出来，琥珀在后捶着。贾母笑道："这定是凤丫头促狭鬼儿闹的，快别信他的话了。"那刘姥姥正夸鸡蛋小巧，要撮攮一个，

---

① 刘姥姥说话句句都离不开乡下的事物，体现出她的质朴憨厚。

凤姐儿笑道："一两银子一个呢，你快尝尝罢，那冷了就不好吃了。"刘姥姥便伸箸子要夹，那①里夹的起来，满碗里闹了一阵好的，好容易撮起一个来，才伸着脖子要吃，偏又滑下来滚在地下，忙放下箸子要亲自去捡，早有地下的人捡了出去了。②刘姥姥叹道："一两银子，也没听见响声儿就没了。"

众人已没心吃饭，都看着他笑。贾母又说："这会子又把那个筷子拿了出来，又不请客摆大筵席。都是凤丫头支使的，还不换了呢。"地下的人原不曾预备这牙箸，本是凤姐和鸳鸯拿了来的，听如此说，忙收了过去，也照样换上一双乌木镶银的。刘姥姥道："去了金的，又是银的，到底不及俺们那个伏手。"凤姐儿道："菜里若有毒，这银子下去了就试的出来。"刘姥姥道："这个菜里若有毒，俺们那菜都成了砒霜了。那怕毒死了也要吃尽了。c"贾母见他如此有趣，吃的又香甜，把自己的也端过来与他吃。又命一个老嬷嬷来，将各样的菜给板儿夹在碗上……

---

① "那"通"哪"。
② 伸、夹、撮、放、捡等一系列的动词，描绘出刘姥姥吃鸽子蛋时窘迫的样子，营造了喜剧气氛。
③ 虽然是饭桌上的玩笑话，却也让人觉得辛酸无奈。富贵人家看似光鲜，穿的是绫罗绸缎，吃的是山珍海味，可是至亲之间都会为了权力、利益钩心斗角，在家里吃饭也要防着别人给自己下毒。而穷苦百姓缺衣少食，看见那样的美味佳肴，哪怕是有毒都想吃上一口。

特别推荐

在上面的文字描写中,众人被刘姥姥逗笑的片段最为精彩,曹雪芹用一个"笑"写出了在场每个人不同的性格特点和身份地位。史湘云笑得喷饭,这和她大气豪爽、不拘小节的性格特点相吻合;林黛玉身体弱,刚笑两声就岔了气;宝玉是贾母的命根子,所以他可以滚到贾母怀里撒娇,换别人可不行;王夫人虽然笑得说不出话,却用手指着凤姐,那意思就是说"别以为我不知道,肯定是你搞的鬼";薛姨妈作为长辈,又是贾府的客人,理应克制些,没想到她却把茶喷了出来,说明她根本没想到在贾府这种场合居然能看到刘姥姥这样滑稽的人;

探春和迎春平日里常在一起，关系亲密，弄脏了裙子也没关系；惜春年纪小，拉着乳母揉肠子，这也是小孩子撒娇的表现。

  曹雪芹为什么要安排刘姥姥进大观园这样一段情节呢？我们可以看到，刘姥姥是个地地道道的农民，她根本无法想象京城中贵族家庭是怎样生活的。通过刘姥姥的参观、赞叹，曹雪芹写出了贾府日常生活的豪奢，展现了普通百姓和上流社会之间的巨大差距。

《三侠五义》
老鼠和猫的故事

文　体：长篇章回体白话侠义公案小说
作　者：石玉昆
篇　幅：一百二十回
地　位：中国武侠小说的开山鼻祖

人物风云榜

包拯

性格特点： 公正廉明，刚毅不阿

包拯是《三侠五义》中的主要人物，他铁面无私，断案如神，为许多人洗清了冤屈，受到百姓们的爱戴，被称为包公。在民间传说中，包拯的肤色比较黑，所以人们又称他为"包青天"，既指他的面色略黑，又指他是老百姓头上的青天。

包公出生时，他父亲梦到了一个怪物，青面红发，头上长着双角，左手拿着一个银锭，右手拿着一支红毛笔，把他父亲吓得够呛，认为他不吉利，想把他扔了。幸好包公的大哥把他救了回来养大，又请了老师教他上学。包公十分聪明，过目不忘，他的老师特别高兴，对他期待很高，给他起了个名字叫"拯"，就是希望他以后能拯救百姓于水火之中。

包拯当官后，在公孙策、展昭等人的帮助下，果然破了许多案件，拯救了很多百姓。皇帝也很赏识他，让他当了宰相,还赐给他"阴阳学士"的封号,意思是他既能审理阳间的案件,也能明辨阴间的冤屈。

公孙策

性格特点: 足智多谋,忠心耿耿

公孙策是《三侠五义》中包拯的助手,他足智多谋,心思缜密,被称为"再世诸葛",给包拯帮了很多忙。

公孙策很有才华,但考了好多次科举都没有考中,流落到了大相国寺,在一个和尚的推荐下,投靠包拯,成了包拯的助手。皇帝赐给了包拯三道御札,也就是三道空白的圣旨,包拯想往上面写什么都行,都能实现。包拯一时想不到写什么,公孙策灵机一动,把"札"改成了同音字"铡",帮包拯设计了龙、虎、狗三口铡刀,如果有违法犯罪的人,就按照各自的品级地位使用这三口铡刀。从此以后,这三口铡刀就成了包拯专用的刑具,杀了很多贪官污吏、恶霸无赖。

后来,公孙策又帮助包拯的徒弟颜查散审理了很多

人物风云榜

案件，铲除豪强，非常受百姓们的欢迎和拥护。

展昭

性格特点：武艺高强，正直勇敢

展昭是《三侠五义》中的"三侠"之一，被称为南侠。他是包拯的护卫，武艺高强，好几次救了包拯的命，又性格宽和，为人善良，很受众人的喜爱和敬佩。

包拯在参见皇帝时，将展昭也带了进去，皇帝见展昭年纪不大，但气宇轩昂，就想试试他的本领。展昭一点儿也不怯场，先后展示了剑法、射箭，最后还展示纵跃法，能从很远的高楼上跳到皇帝面前，还能在屋顶上跳来跳去，如履平地。皇帝看得非常高兴，称赞他说："这哪里是个人，分明是朕的御猫一般。"还封展昭做了御前四品带刀护卫。要知道，古代为了保护皇帝的安全，在皇帝面前是不能拿刀剑等武器的，能当带刀护卫，那就类似于给皇帝当保镖，这职位可是相当重要的。从此，展昭就又多一个称号，叫"御猫"。

白玉堂

性格特点：武艺高强、行侠仗义

白玉堂是《三侠五义》中的"五义"之一。"五义"又被称为"五鼠"，是五个结拜兄弟，白玉堂因为长相俊美，被称为"锦毛鼠"。

白玉堂性情高傲，武艺高强，本来住在陷空岛，听说皇帝封展昭为"御猫"，觉得"五鼠"的称号被展昭给压制了，很不服气，就和结拜兄弟一起大闹东京，杀了宫里的奸佞小人，又狠狠地戏耍了奸臣庞太师一番。虽然听起来无法无天，但实际上他做的都是行侠仗义的好事儿。

在朋友们的劝说下，白玉堂留在开封府，做了包拯的助手。后来，白玉堂又跟着颜查散去探案，为了查清反贼的虚实，他不顾自己的安危，三次闯进冲霄楼，最后不知所终（一说误入铜网阵被乱箭射死）。

剧透先锋

《三侠五义》就是这么回事儿

《三侠五义》是一部了不得的小说，它是中国第一部具有真正意义的武侠小说，里面的许多人物和故事都对中国后来的评书、曲艺、文学、艺术产生了深远的影响。

包拯巧断案

包拯年少时十分聪慧，年纪轻轻就考过了乡试，要去京城参加会试。半路上，天色已晚没地方住，包拯就和自己的侍从包兴一起借住在一座名叫金龙寺的寺庙里。没想到金龙寺里的和尚看他们年纪轻，又带了很多行李，就想杀了他们抢东西。幸好大侠展昭知道了这些和尚们并非善类，打算行侠仗义，正好救了包拯。

包拯考中了进士，皇帝派他到定远县当知县。到了定远县，包拯凭借着聪明才智破了好几桩疑案，却得罪了其他官员，被陷害罢职了。包拯无处可去，只好住在一家寺庙里。还没住几天呢，突然有人前来接他去见皇帝。原来，皇帝有一次做梦梦到了包拯，知道他是个忠臣，于是就把他的相貌画了下来，让人到处找他。包拯住在寺庙里后，有人看到了他，知道他是皇帝要找的人，就告诉了皇帝，皇帝便召见了包拯。见包拯有才，皇帝很赏识他，让他当了开封府的府尹。

到开封府后，包拯又破了许多案件，身边聚集了展昭、公孙策、王朝、马汉、张龙、赵虎几位英雄。在他们的帮助下，包拯不畏权贵，除暴安良，受到了百姓的拥护和皇帝的赏识。

五鼠闹东京

展昭在外结识了丁氏兄弟，从他们那里得知锦毛鼠白玉堂因展昭被封"御猫"不服气，去东京找他挑战了，便匆匆回京。在半路上，展昭救了一位名叫颜查散的书生。颜查散在去京城探亲的路上，结识了白玉堂，和他结拜成了兄弟。

到了京城后，颜查散遭到诬陷被关进了大牢，白玉堂想方设法查清了真相，把真相写在纸上，趁着天黑放到了包拯的案桌上。包拯派人调查之后，知道了事实，救出了颜查散。

白玉堂在东京城内并不安稳，先是偷偷杀了宫里的奸臣大太监郭安，又在皇帝祭祀时暗暗地在祠堂内写了一首诗，引起了皇帝的注意。皇帝命令包拯抓住白玉堂。还没等包拯动手，白玉堂就又设计让奸臣庞太师杀了两

剧透先锋

个小妾。皇帝更加恼怒，催促包拯快点抓白玉堂。

包拯在破案时结识了白玉堂的大哥钻天鼠卢方，又陆续认识了穿山鼠徐庆、翻江鼠蒋平。三个人都很佩服包拯，打算帮助包拯一起找白玉堂，劝白玉堂不要再闹事，彻地鼠韩彰却选择了站在白玉堂这边。

白玉堂偷了包拯的三件宝物，和展昭约定，只要展昭能在三天之内拿回宝物，他就认输。展昭在卢方、徐庆、蒋平的帮助下拿到了宝物，白玉堂甘心认输，做了包拯的助手。韩彰被请来，与卢方、徐庆、蒋平一同归顺开封府，五鼠闹东京结束。

侠客助平叛

颜查散冤屈平反后，参加科举，考中了状元，成了包拯的学生。正逢洪泽湖出现了水灾，包拯就向皇帝推荐让颜查散前去修河堤。皇帝便任命颜查散为巡按，前去抚慰百姓。包拯放心不下颜查散，便让公孙策和白玉堂也跟着去了。

在公孙策和白玉堂的帮助下，颜查散平定了水灾，得到了百姓们的一致称赞，皇帝也很满意。而此时有人告发襄阳王造反，皇帝便派颜查散带着公孙策和白玉堂一起去暗中调查此事，几人一路上又破了许多案件。

襄阳的情况十分复杂,皇帝便又将三侠五义剩下的几人都派了过去。在几位义士的帮助下,颜查散查清了襄阳王造反的事实,设计捉拿了襄阳王,把他押送到了京城。皇帝十分欣慰,给各位英雄都封了官赐了宝物,众位英雄最终都聚集在了开封府,一起宴饮,热闹极了。

特别推荐

听说皇帝封展昭当了"御猫",身为"五鼠"之一的白玉堂非常不服气,就来找展昭比拼。他大闹东京之后,特意跑到包拯家中,偷走了三件宝物,挑衅展昭。

第五十回《白玉堂智偷三件宝》
(节选)

正在思索之际,忽听院内"拍"的一声,不知是何物落下。包兴连忙出去,却拾进一个纸包儿来,上写着"急速拆阅"四字。包公看了,以为必是匿名帖子,或是其中别有隐情。拆阅看时,里面包定一个石子,有个字柬儿,上面写着:"我今特来借三宝,暂且携归陷空岛。南侠若到卢家庄,管叫御猫跑不了。"包公看罢,便叫包兴前去看视三宝,又令李才请展护卫来。

不多时,展爷来至书房,包公即将字柬与展爷看了。展爷忙问道:"相爷可曾差人看三宝去了没有?"包公道:"已差包兴看视去了。"展爷不胜惊骇,道:"相爷中了他'拍门投石问路'之计了。"包公问道:"何以谓之'投石问路'呢?"展爷道:"这来人本不知三宝在于何处,故写此字令人设疑。若不使人看视,他却无法可施;如今已差人看视,这是领了他去了。此三宝必失无疑了。"正说到此,忽听那边一片声喧。展爷吃了一惊。

且说包公正与展爷议论石子来由,忽听一片声喧,乃是西耳房走了水了,展爷连忙赶至那里,早已听见有人嚷道:"房上有人。"展爷借火光一看,果然房上站立一人,连忙用手一指,放出一枝袖箭,只听噗哧一声。展爷道:"不好!又中计了。"一眼却瞧见包兴在那里张罗救火,急忙问道:"印官看视三宝如何?"包兴道:"方才看了,丝毫没动。"展爷道:"你再看看去。"正说间,三义四勇俱各到了。

此时耳房之火已然扑灭,原是前面窗户纸引着,无甚要紧。只见包兴慌张跑来,说道:"三宝果真是失去不见了!"

特别推荐

　　为了偷宝，白玉堂设下了计谋，故意骗包公差人去看宝物，又暗中跟着包公派的人，最终找到宝物，把宝物给偷走了，可见他的聪明机灵、少年意气。

百姓为什么喜欢侠客

小学生

石爷爷，您好，我是个武侠小说迷，我太喜欢您写的《三侠五义》了，我都看了好几遍了！

哈哈，小朋友，没看出来啊，你也想当侠客吗？

石玉昆

小学生

当然啦，侠客太帅了！不过有一件事我始终不明白，白玉堂大闹东京时，明明搅得东京一团乱，为什么在包拯抓住他后，皇帝不仅没有治他的罪，还让他当了大官呢？

在中国历史上，有许多像白玉堂这样的侠客，对于这些人，统治者往往都不太喜欢。为什么呢？在春秋战国时期，韩非子就认为"侠以武犯禁"，意思是侠客武艺高强，就不喜欢听官府的管辖，喜欢在不经过官府同意的情况下擅自杀人。这么一来，虽然伸张了正义，但也扰乱了社会的秩序，要是人人都像侠客一样，遇到事儿就动手打架杀人，那社会还能安定得了吗？所以，

石玉昆

超级访谈

历朝历代的大多数统治者们都对侠客持怀疑、限制的态度。

石玉昆

小学生

对呀,那为什么《三侠五义》里的宋仁宗却很喜欢这些侠客呢?

很简单,因为这本书不是写给皇帝看的,是写给普通老百姓看的。作为给百姓们看的书,《三侠五义》在一定程度上反映了他们的愿望。在当时的社会环境下,老百姓的日子过得很不好,时不时地就会受到达官贵人、土匪盗贼的欺负,因此,百姓们很盼望能有人在他们受欺负的时候为他们伸张正义,主持公道,也很希望皇帝能明察秋毫,不要追究侠客们的过错。为了顺应百姓们的这种愿望,《三侠五义》里的侠客们就都得到了皇帝的宽恕,还当上了大官。

石玉昆

小学生

我明白了。换个角度想,如果掌管天下的是一位好皇帝,治理地方的是一群好官、清官,那老百姓也就不会盼望着出现侠客了。

哇,你也太聪明了!说得太对了!

石玉昆

扫二维码,听精彩讲解

纳兰性德

写词小能手

纳兰性德（1655—1685年）

字　号：字容若，号楞伽山人
称　号："清词三大家"①之一，"满清第一词人"
出生地：京师（今北京）
代表作：《木兰花·拟古决绝词柬友》《蝶恋花·出塞》

---

① 纳兰性德与朱彝尊、陈维崧并称"清词三大家"。

TA这一辈子

纳兰性德这辈子

纳兰性德是清朝著名词人，他的词作内容丰富，意境旖旎，被称为清朝"国初第一词手""满清第一词人"，在中国文学史上有着很高的地位。

大清最牛官二代

纳兰性德出生在清朝顺治年间，他所在的纳兰家族那可是大名鼎鼎的开国家族。他的父亲叫纳兰明珠，是清朝的重臣，非常受康熙皇帝的宠信，后来还娶了皇室中的女子。按咱们现在亲戚的叫法，纳兰明珠就是康熙皇帝的堂姑父，纳兰性德就是康熙皇帝的表弟。有个做皇帝的表兄，纳兰性德的地位那还用说吗？

纳兰性德本名叫纳兰成德，为了避讳太子的名字而改名为纳兰性德，字容若。满族人讲究"称名不举姓"，就是只说名，不说姓，有时称名也只说名字的第一个字，因此纳兰性德有时候会称自己为"成容若"，就是名字的第一个字"成"加上字"容若"。要是李白是满族人，字太白，那估计人们都会叫他"白太白"了。

但我不想当官

纳兰性德非常聪慧，小小年纪就考中了进士。他从小熟读诗书，很喜欢做学问，考中进士后，更是天天埋头看书，十分刻苦。他发现以前的很多书籍都有不少错误之处，就专门编纂了一部儒学丛书，名叫《通志堂经解》，在当时引起了很大的轰动。

康熙皇帝听说后，特意召见了他，见他年纪轻轻就一表人才，很喜欢他，就提拔他当了御前侍卫。要知道，清朝的很多大官都是从御前侍卫做起的，只要能当上御前侍卫，往往就离升官发财不远了。令人没想到的是，纳兰性德却很不高兴，因为他只想读书做学问，并不想

TA这一辈子

当什么侍卫。但皇帝的命令谁敢拒绝啊？纳兰性德只好不情不愿地干着。

由于事业上的不如意，再加上妻子的去世，纳兰性德的意志逐渐消沉，信起了佛教，想在佛经中找到点儿安慰。他很喜欢佛经中的《楞伽经》，向往在深山老林里过隐居生活，就给自己起了个号，叫"楞伽山人"。

只想写诗文

虽然纳兰性德只活了三十一岁就英年早逝，但他的文学成就却非常高。王国维称赞他的词是"北宋以来，一人而已"，可见是将他和北宋时期的苏轼、柳永这些人相提并论。梁启超更是说他"容若小词，直追后主"，意思是他的词作能比得上南唐大词人李煜的作品。

除了词，纳兰性德在其他方面也成绩卓越，不仅编纂了清代第一部阐释儒家经义的大型丛书《通志堂经解》，还编了《渌水亭杂识》，内容包罗万象，无所不提。

纳兰性德对书法也很有研究，还专门写了一本研究书法的《原书》；他还喜欢收藏书籍，专门建了"通志堂""珊瑚阁"等藏书楼；他鉴赏书画的方法和理论对后世都影响深远。

我好怀念你啊

十年生死两茫茫啊,唉,到底什么时候才能梦到你啊?

唉,真是难过啊。哎?这不是苏轼吗?你也是前来祭奠亡人的吗?

哦,纳兰性德啊,我来祭奠我的妻子,你呢?

我也是啊,唉。我特别喜欢你给妻子写的悼亡词,我也写过不少。

我听说过,中国文学史上写悼亡词的人不多,你就是其中写得比较好的。好像你最有名的一首是叫《浣溪沙·谁念西风独自凉》?我还没看过呢,你给念念?

你这可过奖了,不过我最有感触的也确实是这首。是有一年秋天写的,还记得当时我站在院子里,凉风阵阵,吹得人身上发冷,树上的叶子

超级访谈

纳兰性德

也被吹落,遮住了窗户,夕阳西下,昏黄的阳光透进来,这场景真是让人伤心啊,我不由得就想起了和妻子一起经历的往事。

苏轼

我瞧瞧,哦,就是这首词的上阕:"**谁念西风独自凉。萧萧黄叶闭疏窗。沉思往事立残阳。**"对吧?

纳兰性德

对啊,想起当年,我有时喝醉睡着了,我妻子就一直安安静静的,生怕打扰了我,真可谓是"**被酒莫惊春睡重**"。有时不喝酒,我们就一起看书聊天,喝茶赏花,"**赌书消得泼茶香**",想想真是温馨啊。

苏轼

嗯?赌书?这不是和我一个时代的女词人李清照和她丈夫的事儿吗?听说李清照和丈夫情投意合,有一次俩人一起看书,就想比试一下,一个人说出一句话,另一个人要猜出这句话是哪本书里的,猜不出来就要喝茶。结果俩人玩得太开心了,不小心把茶打翻,衣服都湿了。

你说得没错，我只是用了他俩的事儿做典故，想着表现一下我和妻子之间的深情厚谊。唉，可惜啊，当时我只觉得这都是寻常事儿，没有意识到快乐的日子并不长久，现在妻子去世了，再想起往事来，真是太难过了。

唉，"**当时只道是寻常**"，你这最后一句写得太好了，太真挚感人了。不过，斯人已逝，活着的人还是要好好活着才行，我看你身体也不太好，还是得好好保重啊。

唉，不说了，我要回家再去看看亡妻的画像了，再见吧！

得，我也回家了，咱们有机会再见吧！

特别推荐

我可不只会写情诗

　　最近真是倒霉，皇帝竟然下令让我出使西域，虽然算是重用我吧，但我真是不想当官啊，要是能让我回去研究诗书就好了。算了算了，来都来了，还是逛着看看吧！你还别说，这边塞的风光是真不错，据说这里曾经是一片战场，想当年，那肯定是战马匆匆烟尘滚滚。但现在一切都消失了，满目荒凉啊，远远地看过去，只有一棵叶子鲜红的枫树，被风吹得直晃。这真是：

　　"今古河山无定据。画角声中，牧马频来去。满目荒凉谁可语？西风吹老丹枫树。"

　　历史上种种凄凉愁苦的事儿那可真是说不尽也道不完，据我的随从说，这里曾经是王昭君出塞的必经之路，唉，想想那时候，王昭君一个弱女子，为了和亲，孤身一人远离家乡，最后还不是变成了一堆黄土，有什么用呢？这不就跟我一样吗？我想在文学上有所成就，但最终还是无法实现，有什么办法呢？唉，我这样的愁思啊，真是像黄昏时深山里下的绵绵秋雨，淅淅沥沥，缠绵不尽，令人辛酸啊！我把这种情绪写在词里，就是：

　　"从前幽怨应无数。铁马金戈，青冢黄昏路。一往情深深几许？深山夕照深秋雨。"

特别推荐

看着这壮阔的秋日黄昏景象,我想起来之前跟着皇帝出塞时看过的塞外雪景。当时我跟着康熙皇帝出游,离家已经很远了,夜深了,我走出帐篷往外看,只见几千个帐篷里都亮着蜡烛,真是太壮观了!也就是:

"山一程,水一程,身向榆关那畔行,夜深千帐灯。"

后来开始下大雪,帐篷外面刮着狂风,吵得人睡不着,唉,我又想到我的故乡,哪里有这样的声音啊,真是令人惆怅啊。

"风一更,雪一更,聒碎乡心梦不成,故园无此声。"

再仔细看看我这两首词,写得还是不错的嘛,谁说我只会写悼亡词?我这边塞词写得也很好啊,从眼前的景象想到过去历史,又想到自己,真满意!之前听说有个叫王国维的文人夸我是"以自然之眼观物,以自然之舌言情",说得很对!

文苑杂谈

《红楼梦》讲的是谁

纳兰性德可是一个传奇人物，不只是因为他的才能，也是因为他和《红楼梦》有着千丝万缕的联系。

据说，曹雪芹写完《红楼梦》后，有人把书稿献给了乾隆皇帝，乾隆皇帝一看，马上就说："此盖为明珠家作也。"也就是说，这讲的是纳兰性德家里的事儿。后来也有不少学者认同这样的观点。那到底为什么这么说呢？

《红楼梦》里，贾家的大女儿贾元春入宫当了贵妃，贾家也算是皇亲国戚了，家里非常富贵，人们都说他们家是"白玉为堂金作马"。"堂"就是厅堂，"马"是富贵人家门外的铜马，跟咱们现在的石狮子差不多，用白玉砌成厅堂，用金子铸马放在门外看大门，这可是真有钱啊。另外，"金马玉堂"在古代也是翰林院的别称，所以这里称赞贾家"白玉为堂金作马"，既是说他家富贵，也是说他家里的人很有文才，算是书香世家。

纳兰性德的家世跟贾家特别像。纳兰性德是康熙皇帝的表弟，绝对是皇亲国戚，他又是有名的大才子，才名远扬。他爸爸纳兰明珠是皇帝的宠臣，权力很大，基本上是一人之下万人之上。又富贵又有才，可不就是贾家吗？

后来,《红楼梦》里贾家败落,家破人亡。纳兰性德也有这样的经历,他父亲纳兰明珠因为贪污结党,被人告到了皇帝面前,皇帝大怒,就罢了他的官,还把他家抄了,纳兰家的府第非常华美,最后被大贪官和珅给抢走了。

纳兰家到底是不是《红楼梦》贾家的原型,到现在也没有定论。但不管怎么样,纳兰家和《红楼梦》中贾家的兴衰变化,只是一个代表,反映着当时封建社会中的普遍现象,那就是盛极必衰,兴盛到一定程度,就会面临衰亡的危险。

七嘴八舌

曹雪芹

哈哈,《红楼梦》到底是谁家的事儿,我就不告诉你们!

让你当官你还不乐意,你知道有多少人想当我的侍卫吗?

康熙

苏轼

别哭了,人死不能复生,你也看开点儿,别整天哭哭啼啼的。

扫二维码,听精彩讲解

郑燮

爱画竹子的怪人

郑燮（1693—1766年）

字　号：字克柔，号理庵，又号板桥

籍　贯：江苏兴化（今江苏兴化）

称　号："扬州八怪"① 之一

代表作：《修竹新篁图》《郑板桥集》

---

① 清朝时活跃于扬州地区的一批风格相近的书画家的总称，常称其为"扬州画派"。具体成员说法不一，较为公认的是金农、郑燮、黄慎、李鱓（shàn）、李方膺、汪士慎、罗聘、高翔。

TA这一辈子

郑燮这辈子

郑燮是清代著名的书画家、文学家,他非常有才,擅长画画,尤其擅长画竹子;书法也很好,还自创了六分半书;诗歌也有很高的成就,真挚有趣,在百姓中间广为传颂。人们也将他的诗书画合称为"三绝",连近代的大画家徐悲鸿先生都称赞他是"近三百年来最卓绝人物之一"。

"怪"人一个

郑燮出生在扬州的一个书香世家,刚出生的时候,他父亲给他起了个小名儿,叫麻丫头,类似咱们现在的狗蛋、铁娃儿,是希望给孩子起个贱名儿好养活。普通人长大以后,都不太喜欢别人叫自己小名儿,但郑板桥不一样,他很喜欢这个小名儿,甚至还专门刻了个印章,上面写着"麻丫头针线",盖在自己的书画作品上。后来,郑燮到外地做官,思念家乡,想起自己家门口的一座木板桥,就给自己起了个号,叫板桥,人们便称他为郑板桥。

郑板桥一生历经三朝,康熙在位的时候,郑板桥考中了秀才，康熙去世，雍正继位之后，他又考中了举人。此后，他就没再考过科举，一直自在地过着小日子，但到乾隆年间，他觉得不能再这么过日子了，于是又开始研究四书五经，考中了进士。所以他又刻了个印章，上面写着"康熙秀才，雍正举人，乾隆进士"，可见他的豁达有趣。

当官要为民做主

郑板桥虽然考中了进士，但是却因为没什么家庭背景，一直都没能当官，直到六年后，也就是他四十九岁的时候，才到山东当了一个小县令。

TA这一辈子

虽然官小,但郑板桥却很认真勤勉。有一次,他所在的潍县遭遇了一次海啸,冲毁了很多房屋,百姓们居无定所,好不容易安顿好,却又发生了旱灾,连吃的都没有,只好卖儿卖女来换点儿粮食。据郑板桥记载,真是"十日卖一儿,五日卖一妇"。他非常痛心,采取了许多措施来救济百姓,在他的努力下,百姓们的生活终于好了起来。

灾难平息了,郑板桥却因为为民请赈而得罪了大官。他实在是受不了官场的黑暗混乱,最终决定向皇帝上书,辞官回家。当地百姓们知道了以后,都哭着舍不得他走,送了他很远。

还给小偷写过诗

辞官回到扬州后,郑板桥便专心研究书画作品,取得了非常高的成就。再加上他性格直爽仗义,百姓们都很喜欢他,民间便有不少关于他的传说。

据说,曾经有一个小偷半夜来郑板桥家里偷东西。但郑板桥当时很穷,小偷翻来翻去,什么也没找着,反而把郑板桥给惊醒了。郑板桥醒了以后,听到家里的动静,知道是有小偷,便出声念了一首诗:"细雨蒙蒙夜沉沉,梁上君子①进我门。腹内诗书藏万卷,床头金银无半分。"小偷一听,知道郑板桥发现自己了,吓了一跳,马上就要跑,结果郑板桥又接着说:"出门休惊黄尾犬,跃墙莫损兰花盆。天寒不及披衣送,趁着月黑赶豪门。"听到这几句,小偷更惊讶了,急匆匆地跑了,再也没来过郑板桥家里。

---

① 指小偷。

超级访谈

竹子是我的最爱

郑板桥

啊呀呀,这片竹子长得真好啊,太好看了!

咦?什么人?这隔着竹林,也看不清啊。

苏轼

郑板桥

哟,老苏啊,你也来看竹子?

咳,是你啊。对啊,这片竹子长得真好,我打算找人移几根种到我家院子里去。你可不知道,我特别喜欢竹子,以前还写过一首诗,其中有几句是"**可使食无肉,不可居无竹。无肉令人瘦,无竹令人俗。人瘦尚可肥,士俗不可医**"。意思是可以吃饭没有肉,但不能住的地方没有竹子。要是没肉吃,人就会变瘦,要是没有竹子,人就会变得俗气。变瘦还好办,但要是变俗了,那可就没法儿救了。

苏轼

郑板桥

我也打算移种呢,你真是跟我想到一块儿去了。我也特喜欢竹子,它不张扬,很清雅。我之前还写过一首诗,说竹子是"**一节复一节,千枝**

郑板桥

攒万叶。我自不开花,免撩蜂与蝶"。

哟,写得不错嘛,竹子一节一节向上生长,枝叶繁茂,却不常开花,不想招惹蜜蜂和蝴蝶。我看,这诗是写你自己吧?

苏轼

郑板桥

哈哈哈,被你看破了,对啊,我写竹子其实也是写我自己,在这官场里,可得保持自己的初心,不能受到外界的干扰。

说得没错,这诗写得也真好!

苏轼

郑板桥

那是必需的。今天这竹子长得好,我打算回家就把它画下来,再给它写首诗。你瞧瞧这几根竹子,长在这些岩石上,居然还能把根深深地扎到石头里,真是坚韧啊!我必须得为它们写首诗,那就写**"咬定青山不放松,立根原在破岩中"**吧!

对啊,经历了那么多磨难,能从这么坚硬的岩石里钻出来,可真是不容易啊。而且你看,这

苏轼

 超级访谈

狂风刮过来,竹子虽然晃动,但它的根却还牢牢地抓着岩石,一点儿没动。  苏轼

 郑板桥 有了,我想到后两句了,就写**"千磨万击还坚劲,任尔东西南北风"**吧,正符合你刚刚说的景象。

哈哈哈,你这可是借了我的灵感!  苏轼

 郑板桥 放心吧,改天请你喝酒,我这就回去画竹子了,必须把这首诗也题在画上,你就瞧好吧!

嗯？我幻听了？

唉，好不容易考了进士当了官，居然被分到了山东潍县来当县令，这里也太苦了吧，还遇到了旱灾，百姓们连饭都吃不上，只能啃树皮、挖草根。我昨天出门去调查，还发现有百姓在卖自己的孩子，只是想着能换点儿粮食活下来，这也太惨了。我真怕哪天出现人吃人的现象啊，这可怎么办啊？

为了解决这灾荒问题，我已经好几天没睡觉了，想小睡一会儿休息一下吧，又听到外面好像有人在说话，我这还能睡着吗？赶紧起来去看看是不是百姓们又出了什么事儿。但出去一听，才知道不是百姓说话的声儿，而是外面风吹着竹叶晃动的声音。唉，这么一吓，我也不困了，干脆把刚刚的事儿写下来寄给我伯父吧："**衙斋卧听萧萧竹，疑是民间疾苦声。**"

想到百姓们，我真是愁啊，虽说我只是个小官吧，但不管怎么样，既然当了地方官，那就得尽忠职守。民间不是有句俗话吗，"当官不为民做主，不如回家卖红薯"，话虽然简单，但道理却很对啊。像我这样的小官，全国各地有不少，要是都能关心百姓们的生活疾苦，不管事情大小，都放在心上，那百姓们的生活肯定会好很

特别推荐

多。得了，这就是这首诗的三四句："**些小①吾曹②州县吏，一枝一叶总关情。**"瞧瞧我这写的，表面是说关心竹子的一枝一叶，实际上却是说要关心百姓的生活小事儿，认真履行自己的责任。

哎，休息够了，我还是去继续赈灾吧！说起来，我前两天递了奏折，希望能够开仓放粮，我的上级一直没有回复我，今天要是再不放粮，那百姓们真是活不下去了。不行，我必须得开仓，至于上级没有回复，管他呢，百姓们要紧。

① 意为"细微、稍微"。
② 意为"我们这些人"。

兰花可是我的真爱

郑板桥的画画得特别好，除了爱画竹子外，他还很爱画兰花，而且喜欢让竹子和兰花长在石头上，他自己也评价自己是"**四时不谢之兰，百节长青之竹，万古不败之石，千秋不变之人**"，就是说自己画的兰花四季都不凋谢，竹子即使长了很久也还很青翠，石头更是万古不坏，而自己的本性也跟这竹子、兰花、石头一样，就算过一千年，也不会改变。

除了郑板桥之外，古代还有不少人喜欢兰花，常用兰花来比喻自己高洁的志向。比如南宋的大画家郑思肖，他本来叫郑之因，生活在南宋末年，南宋灭亡之后，他非常悲痛，郁郁寡欢。因为"赵"的繁体字是"趙"，去掉偏旁就是"肖"字，所以郑之因就把自己的名字改成了郑思肖，表示对南宋的思念。郑思肖擅长画兰花，有一次，他的朋友请他帮忙画兰花，郑思肖二话不说，挥笔画了一幅墨兰图。拿到手后，他的朋友才发现，这幅墨兰图很奇怪，兰花居然没有根，下面也没有土。他就问郑思肖这是为什么，郑思肖回答说："土地早就被元朝军队给夺走了，你不知道吗？"

明代的大画家徐渭也很喜欢画兰花，但他画的兰花

文苑杂谈

和别人画的都不一样。别的画家画的兰花往往是很清雅幽静的，而徐渭画的兰花却比较狂放有力，跟他自己狂放不羁的性格很相近。徐渭还特意给兰花写了首诗："**莫讶春光不属侬**[①]**，一香已足压千红。总令摘向韩娘袖，不作人间脑麝（shè）风。**"意思是劝兰花不要惊讶春光不属于自己，兰花的香气就足以胜过其他花朵，即使是被爱花的美人摘走，也好过被摘下来做成药材供人们食用。

---

① 意为"你"。

七嘴八舌

小偷

大半夜突然说话,你也太吓人了,我走还不行吗?

你居然也喜欢竹子,知己啊!画好的画记得给我看一眼啊。

苏轼

百姓

郑大人,您可真是个好官啊,希望您一辈子顺顺利利的。

扫二维码,听精彩讲解

沈复

史上有名的痴情人

沈复（1763—1832年）

字　号：字三白，号梅逸

籍　贯：江苏苏州府长洲（今江苏苏州）

代表作：《浮生六记》

TA这一辈子

沈复这辈子

沈复是清朝著名的文学家,他极富文才,所写的《浮生六记》得到了许多名家的推崇,还被翻译成多国文字远传海外,他也因此声名远扬。

快乐的少年

沈复出生的时候,正是太平盛世,他家的条件特别好,又住在繁华的苏州,不愁吃不愁穿,还有人专门伺候他,是个地地道道的贵族小公子。

沈复的父母也很开明,对他十分宽容。有一次,他跟着母亲回外婆家,对表姐陈芸一见钟情,很想娶她。陈芸很有文采,身体却很虚弱,人们都觉得她可能活不久。再加上陈芸很小的时候父亲就去世了,母亲身体又不好,家里就靠着她做女红绣花赚钱,经济条件很不好。因此,沈复的母亲并不喜欢陈芸,但架不住沈复一直坚持,最终还是妥协,同意沈复娶了陈芸。

倒霉的中年

好景不长，沈复与陈芸结婚后没过多久，陈芸就得罪了沈复的舅舅，过了几年，陈芸又和沈复的母亲闹了矛盾，不得已，沈复只好和陈芸离开老家，到了外地生活。三年后，俩人回到老家，但没过几年，就又和父母起了冲突，不得不再次离开家，搬到了无锡。从此之后，俩人的生活越过越不好。

沈复失业了，陈芸又生了重病，正在这时候，陈芸的侍女阿双偷走了家里的大部分钱。眼看着家里要揭不开锅了，陈芸的病也越来越重，无奈之下，沈复只能到处借钱给妻子看病。但最终陈芸还是没有被治好，重病去世了。没过多久，沈复的父亲也去世了，他急忙赶回家，却没能见到父亲的最后一面。父亲去世两年后，沈复的儿子也去世了。妻子、父亲和儿子的相继去世，给了沈复极大的打击。

谜一样的晚年

妻子去世后，沈复的行踪就成了一个谜。有人认为他四处漂泊，隐居在山林中，再也没有出来过。

也有人经过考证，认为沈复在妻子去世后，遇到了

TA这一辈子

自己小时候的好朋友石韫玉，此时的石韫玉已经是一个大官了，看见沈复这么落魄，就推荐他去四川当了一个小官，后来还举荐沈复跟着清朝的使臣去拜访琉球。从琉球回来后，沈复变得宽裕了一点儿，写完了《浮生六记》，还画了一幅《琉球观海图》。

后来，沈复十分思念家乡，便回到江南，到了如皋，在那里继续当小官。直到61岁，才终于回到家乡苏州，在那里过完了自己的一生。

小时候太快乐啦

沈复

哈哈哈，看我找到了什么？一只大蛤蟆！

看我抓的这只蟋蟀，多精神啊！不过比起我小时候在百草园里见过的那些蟋蟀可就差了点儿。

鲁迅

沈复

你这么一说，我也想起来我小时候的事儿了。你是不知道，我小时候眼睛可亮了，能"**张目**①**对日，明察秋毫**②。**见藐**（miǎo）**小微物，必细察其纹理**"。就是敢睁着眼睛盯着太阳看，还能看到很多东西的细微之处，只要见到小东西，就忍不住观察它的细节纹理。夏天有时候睡不着，我就去观察屋里的蚊子，"**私拟**③**作群鹤舞空**"，私下把它们看成是飞在天空中的一群白鹤，"**昂首观之，项**④**为之强**⑤"，抬头看久了，脖子都僵硬了。有时候，我还会特意把蚊子放在蚊帐

---

① 睁大眼睛。
② 秋天鸟兽身上新长的细毛，比喻极细小的东西。
③ 比作。
④ 脖子。
⑤ 僵硬。

超级访谈

沈复

里，往里面喷一点儿烟，**"使其冲烟飞鸣，作青云白鹤观，果如鹤唳**①（lì）**云端，怡然称快"**，就让蚊子在烟里飞来飞去，把它们当成是一群白鹤在蓝天白云间飞翔，果然就跟真的白鹤一样，真是太快乐了！

鲁迅

哈哈哈哈，你也太会玩儿了！我小时候倒是没有这种体验，我都是在室外的园子里找各种小虫子，蟋蟀啊、蜈蚣啊、油蛉（líng）啊，各种各样的，可多了。

沈复

我也是！我特别喜欢蹲在花草丛边儿仔细观察，**"以丛草为林，以虫蚁为兽，以土砾凸者为丘**②**，凹者为壑**③**"**，就是把草丛当作树林，把昆虫蚂蚁当作野兽，把泥土瓦砾突起的地方当作土山，把低洼的地方当作山沟，想象着我在里面玩儿。

鲁迅

哈哈哈，那你看到过什么有趣的虫子吗？我遇到过一种叫斑蝥（máo）的虫子，只要用手按

---

① 高亢地鸣叫。
② 土山。
③ 山沟。

它，它身上就会喷出一股烟雾来，可好玩了！

鲁迅

沈复

我倒是没见过这种虫子，但我有一次看见两只虫子在草丛里打架，正看得高兴呢，**"忽有庞然大物，拔山倒树而来"**，有一个"巨大的怪兽"冲了过来，搬开了"山"，推倒了"树"，把我吓了一跳。原来是一只大癞蛤蟆，**"舌一吐而二虫尽为所吞"**，它嘴一张，舌头一伸，就把两只正在打架的虫子给吃了。

哎呀！这太可惜了，我还挺想知道它们打架的结果呢！

鲁迅

沈复

就是，这癞蛤蟆太讨厌了，我马上就把它捉住，**"鞭①数十，驱之别院"**，打了它几十下，把它赶到别的院子里去了。

哈哈哈，干得好！现在想起来，小时候好快乐啊，我已经好久没有观察过虫子了。

鲁迅

沈复

那没事儿，我可会玩了，等我过几天再带你捉虫子去！

---

① 用鞭子打。

特别推荐

我好想妻子啊

唉，今天又想起我的妻子陈芸来，自从她去世后，我一直四处奔忙，最近才好不容易得了点儿空闲，我要趁着这会儿把我们之间的往事记下来，免得老了忘了。

想起李白说过："浮生若梦，为欢几何？"意思是人生就像一场短暂的梦境，能有多少快乐呢？要好好珍惜才对啊。那我就给我这本书起名叫《浮生六记》吧，正好把我和妻子之间的事儿按时间写成六卷，让后辈们也看看我们的生活是什么样的。

我和妻子算得上是青梅竹马，很小的时候就经常一起玩儿，成亲之后，我们之间也特别融洽。我还记得有一次我去她家，特别想喝粥，但她家也只剩下一点儿了，他哥哥偏偏也喜欢喝粥，她偷偷藏了起来不给她哥哥，反而给我带了过来，后来她哥哥知道了这事儿，还嘲笑了她好久呢。

我妻子特别聪明，也很雅致，有时候夏天荷花开了，她就拿一个小纱袋装点儿茶叶放在荷花的花蕊旁边，第二天再取出来，用泉水泡茶，这茶就有一股荷花的香味，特别好喝。

她还很喜欢看热闹，有一年元宵节，她特别想去看花灯，但女子出门规矩很多，她又不爱受拘束，那怎么办呢？她就穿着我的衣服把自己装扮成男子出门了。没想到在看花灯的时候，她太高兴了，竟然忘了自己的装扮，笑得不行的时候把手搭在了旁边的一位夫人身上。这下可惹了大祸，那位夫人还以为我妻子在调戏她，差点儿让人把我妻子打一顿。我妻子见情况不妙，就脱下帽子，说道："我也是女的。"哈哈哈，现在想起来我都想笑。听说后世有个叫林语堂的大文学家说陈芸是中国文学史上最可爱的女人，这话真是说得太对了！

　　唉，我前段时间看前人写的作品，除宋代的女词人李清照和明代的文学家归有光之外，好像很少有人会去写夫妻之间的家庭生活，我估计我这《浮生六记》也是难得一见的作品了，真希望我的妻子还活着能看到这本书啊！

文苑杂谈

历史上那些痴情人

沈复把自己和妻子陈芸的故事写了下来,编成了《浮生六记》,可见他对妻子的深情。而在中国历史上,像沈复一样痴情的人可不在少数。

三国时期,魏国有一个大臣,名叫荀粲,他和妻子非常恩爱。有一年冬天,他的妻子生了病,发起烧来。要知道,那时候发烧不是小病,很不容易治好。荀粲见妻子那么痛苦,实在不忍心,就想了个办法:他脱了自己的衣服,卧在庭院里的雪地上,等自己身体变得冰凉之后,再回到屋子里抱着妻子,用自己的身体为妻子降温。妻子去世后,荀粲非常悲痛,吃也吃不好,睡也睡不着,一年多就去世了,当时他才二十九岁。

东汉初年有个叫宋弘的官员,有一次打仗的时候被敌人追杀,在一户姓郑的人家里躲避。郑家的女儿对他很好,给他煎汤熬药,嘘寒问暖,宋弘非常感动,就和郑家女儿结了婚。后来,宋弘伤好后回朝当了大官,跟当时的皇帝刘秀关系特别好。刘秀很重视宋弘,想把自己的姐姐嫁给宋弘。要是普通人,听到能娶皇帝的姐姐,那肯定高兴得不得了,但宋弘不一样,他一听说这消息就马上拒绝了,还说了一句很有名的话:"糟糠之妻不下

堂。"糟糠是指非常粗劣的食物,下堂是指从家里赶走,意思就是跟自己一起吃过粗劣食物、经受过苦难的妻子是不能被赶走的,一定要尊重她爱护她才行。刘秀一听这话,很佩服宋弘,就再也没提过那件事儿。"糟糠之妻不下堂"也就成了一句流传至今的俗语。

七嘴八舌

鲁迅

你见过的虫子也太有意思了,下次一起去抓蟋蟀啊!

用我的诗句当书的名字,你得给我版权费吧?

李白

陈芸

别哭了,咱们下辈子一定要再当夫妻。

扫二维码,听精彩讲解

龚自珍

当官太憋屈了

龚自珍（1792—1841年）

字　号：字瑟（sè）人，号定盦①（ān）
籍　贯：浙江仁和（今浙江杭州）
代表作：《己亥杂诗》《定盦文集》

---
① 一说定庵。

TA这一辈子

龚自珍这辈子

龚自珍是清代的思想家、文学家。他很有文学才能,被称为中国古典文学的最后一位诗人,近代著名诗人柳亚子称他为"三百年来第一流"。

聪明的倒霉蛋

龚自珍出生在一个书香世家。他的祖父担任过军机大臣,负责协助皇帝处理国家大事,相当于宰相。他的父亲也很有才,考中了进士,当过江苏按察使,专门管刑狱之事,相当于现在的省公安厅厅长。龚自珍的母亲叫段驯,是大文学家段玉裁的女儿,知书达理,从小就教龚自珍解读诗文,对龚自珍影响极大。

在这样的一个家庭里长大,龚自珍从小就很聪明,八岁的时候就开始学四书五经,十五岁就写了一本诗集,想想咱们现在,十五岁写作文还没写得很好呢,更别说写诗了。但龚自珍的运气不怎么好,考了好几次科举都没有考中,一直到第六次会试,才终于通过,但名次不佳,只得继续当小官。

我也想上战场

龚自珍个性非常耿直,看不惯官场中的黑暗,就总是提出一些尖锐的问题,希望通过革新解决国家的弊端。但当时的朝廷非常腐败,龚自珍的上书得罪了许多官员,很多人想打压他,再加上他又得罪了自己的上级,无可奈何之下,他就决定辞官,到江苏的云阳书院当了老师。没过多久,龚自珍的父亲就去世了,龚自珍接替了他的职位,当了紫阳书院的讲席,相当于现在的大学教授。

安定的日子没过几个月,上海便爆发了反抗外国侵略的战争,龚自珍听说了消息,马上给当时江苏的巡抚写信,打算辞职,到上海去参加战斗。但没想到的是,还没来得及出发,龚自珍就生了急病,去世了。

离奇的死亡

龚自珍虽然去世了,但关于他死因的争议却有很多。许多人认为龚自珍死得太突然了,一定有不为人知的原因。其中最有名的一种说法是"丁香花公案"。当时有一位才貌双全的女子,名叫顾太清,她是贝勒奕绘的妻子。贝勒去世后,顾太清就带着孩子独自生活,也经常与京城中的文人们互相唱和,龚自珍就参与其中。

后来,有人嫉妒龚自珍的才华,就特意找了他的一些诗,故意诬陷他,说他的诗表达了对顾太清的爱慕之情。一时之间,各种谣言传得沸沸扬扬,实在没有办法,龚自珍只好离开了京城,顾太清也从贝勒府中被赶了出来。龚自珍去世后,就有许多人认为是贝勒府中的人给他下的毒。但这种说法并没有什么证据,因此,龚自珍到底是怎么死的,至今还是一个谜。

必须得革新!

王安石,你在家吗?我来向你取经了啊。

哟,稀客啊,这不是龚自珍吗?你取什么经啊?

还能有什么经,当然是想问问你关于改革的事儿了。

嗯?你怎么想起来问这个了?怎么,你也想改革吗?

那当然了,现在的这个朝廷,真是腐败得不行。你当年不是写了一篇《上仁宗皇帝言事书》,提出了许多革新的建议吗?我当时参加科举,好不容易考过了会试,去参加殿试的时候,我就仿效你写了一篇《御试安边抚远疏》,说了说关于边塞地区的治理问题,提了不少改革主张。据说不少阅卷的考官都非常赞叹。但是,当时主持殿

龚自珍

试的大学士却是个草包,胆子特别小,又很昏庸,一点儿也不想改革,只想守着旧规矩过自己的安稳日子,他不敢把我的文章交给皇帝,就找了个借口,说我的字写得不好看,硬是把我的名次给压低了。真是气死我了!

啊?还有这种事儿呢?那你也太倒霉了。

王安石

龚自珍

谁说不是呢?后来,我就离开京城了,这官不当也罢。在回家的路上,我写了一组诗,叫《己亥杂诗》,有三百一十五首,其中有一首,就写了我这种愤懑的心情。我是这么写的:"**九州生气恃风雷,万马齐喑究可哀……**"

是说只有像风雷一样的力量才能让大地焕发生机,但现在的朝廷却死气沉沉的,十分腐败,令人悲哀,对吗?你这诗有点消沉啊?

王安石

龚自珍

你别急,等我说完啊。还有后半句呢:"**我劝天公重抖擞,不拘一格降人材。**"

不错啊!我奉劝上天重新振作精神,不要拘泥规则,为国家降下更多的人才,来进行革新,改天换地,这气势太强了!但你现在不是辞官了吗?光有气势,有改革的经验也没地方用啊?

王安石

龚自珍

虽然我现在已经辞职不当官了,但我听说上海那边正在反抗外国侵略者,我打算去那边看看,到时候要是成功了,我还得来找你问问改革经验呢!

行行行,我等着你,到时候一定知无不言、言无不尽!

王安石

特别推荐

落花也有用

终于自由了！回想这段时间，在这么个朝廷当官，真是太压抑了，什么话都不能说，什么事都不能做，每天都是在混日子，但凡我提出点儿有用的意见来，就总有人会针对我，觉得我要侵害他们的利益，我真是太痛苦了，这日子我是一天都过不下去了。

这不，前几天我上书辞职了，今天就收拾东西准备回老家。一想到再也不用在这腐败的官场里混日子，我就高兴。但转念一想，我在京城也已经待了许多年了，有这么多朋友都在这里，突然要离开，还真是有点儿舍不得。唉，这矛盾的心情啊，既有离愁，又有自由，既觉得夕阳西下很悲伤，又觉得不远的地方就是天涯，可以纵情驰骋，真是"**浩荡离愁白日斜，吟鞭东指即天涯**"啊。

不过，说起来，之前我一直在犹豫到底要不要辞官。如果能待在官场，说不定我还能为百姓们做点儿事，要是真的回了老家，那就什么也做不了了。现在看到这广阔的美景，我突然想开了：你看那落花，已经离开了花枝，看起来对花枝没有什么感情，现在也腐烂没什么用了，但实际上，它最终会化成肥料，给花枝提供营养，让下一朵花开得更好。我现在不就像这落花一样吗？虽然已经离开了官场，但我还是会关注国家大事，还是会为国家的发展奉献自己，这也是一种爱国啊。我要把这种心情写下来，那就是"**落红不是无情物，化作春泥更护花**"。

我想，这就是我的志向吧，之前还听说有一个叫顾炎武的人说过"**保天下者，匹夫之贱与有责焉耳矣**"，就是说保卫国家，哪怕是一个普通老百姓，也有责任。我现在也是这样，一定会为了国家奉献一生，在所不辞！

文苑杂谈

神奇口袋

龚自珍的《己亥杂诗》是中国文学史上相当有名的一组诗，写它的过程也非常有趣。据龚自珍自己说，他是在回老家的路上写的，每次住旅店的时候，他就借来旅店的鸡毛笔，在废纸上写一首诗，然后团起来扔在一个旧袋子里。等回到家里，他打开旧袋子一数，发现里面有三百一十五首诗，就整理成了《己亥杂诗》。

在中国文学史上，像龚自珍这样的人可不在少数。比如唐代"诗鬼"李贺，他为了写好诗，每天都骑着一头小毛驴，到处游逛，观察生活。他在驴背上挂了一个锦囊，每次想到一句好诗，他就写下来，放在锦囊里。等晚上回家后，李贺再打开锦囊，把里面的诗句整理成一首首诗。后来，人们根据他的这种行为总结出了一个成语，叫"锦囊妙句"，用来形容优美的句子。

元代有一个叫陶宗仪的文学家，他写过一本《南村辍耕录》，记载了许多元代的史料，包括典章制度、文物、科技、民俗、小说、书画等，有很高的史料价值，是研究元代历史的重要书籍。在写这本书时，陶宗仪正在松江隐居，每天都要下地干农活，一边干活儿一边思考，有时候灵感突然来了怎么办呢？临时去找纸也来不及呀,于是,他在树下放了一支笔,每次想到什么,就摘一片树叶,记在树叶上,再把树叶放在旁边的瓦罐里。就这样,他用了整整十年时间,竟然收集了十个大瓦罐那么多的资料,最终整理成了《南村辍耕录》。

不只是中国,国外也有许多文学家非常注重积累。法国有一位著名的文学家儒勒·凡尔纳,他擅长写科幻小说,甚至被称为"科幻小说之父"。当时,许多法国人都传说他背后有一个写作公司,要不然绝对写不出这么多好作品来。出于好奇,一位记者去采访他,问到这件事,凡尔纳便带着记者参观自己的书房,指着书柜说:"这就是那个写作公司。"记者打开柜子一看,发现里面竟然全部是卡片,上面写着各种资料或者灵感,有好几万张,真是令人惊叹。

 欢乐谷

顾太清

这谣言也太荒唐了,谣言止于智者!

想跟着我学革新,回到官场才有用武之地啊!

王安石

凡尔纳

没想到中国也有人跟我有一样的习惯,知己啊!

扫二维码,听精彩讲解

图书在版编目（CIP）数据

乐死人的文学史. 清代篇 / 窦昕主编. — 北京：石油工业出版社, 2023.12

ISBN 978-7-5183-6402-2

Ⅰ.①乐… Ⅱ.①窦… Ⅲ.①中国文学—古代文学史—清代 Ⅳ.①I209

中国国家版本馆CIP数据核字(2023)第211705号

乐死人的文学史·清代篇

窦昕　主编

出版发行：石油工业出版社

　　　　　（北京安定门外安华里2区1号100011）

网　　址：www.petropub.com

编 辑 部：（010）64523616　64252031

图书营销中心：（010）64523731　64523633

经　　销：全国新华书店

印　　刷：北京中石油彩色印刷有限责任公司

2023年12月第1版　2023年12月第1次印刷

710×1000毫米　开本：1/16　印张：10.5

字数：100千字

定价：48.00元

（如出现印装质量问题，我社图书营销中心负责调换）

版权所有，翻印必究